假如我们注定是普通人

祁十一 著

北京联合出版公司
Beijing United Publishing Co.,Ltd.

目 录

一
去沙溪
001

二
一个单亲妈妈的奇迹
021

三
莫 催
047

四
猫猫果儿的故事
069

五
退休生活
109

六
从逃离到回归
123

七
与 山
145

八
寂照庵
167

九

婚姻生活
187

十

自　由
211

十一

从绿皮火车开始的故事
237

十二

波罗寺
265

一

去沙溪

是不是每个人都需要一个避世的场所，让人可以偶尔逃离，或者在心底深处寄托田园诗一般安静美好的桃花源之梦？

它不一定要在遥远的他乡，可以只是都市里属于自己的一个房间，深夜亮起一盏灯，伴灯小酌夜读，隔绝吵闹与纷扰。它也可以是深山里的一个小镇，需要穿过群山之间的盘山公路才能抵达。山谷里的镇子古老，镇上有苍老的木头房子、戏台、寺庙，镇子边缘是流淌的河。安静，阳光甚好。

这是我始终喜欢沙溪，隔一段时间就想过来的原因。它藏在山里，有拙朴的气质，冬天的阳光有种彻底的光亮与静谧，炽烈却又不灼伤人。阳光透过树枝打在墙上、桌上，光影鲜明，散发出极其安静无声的透明与淡然之味。它是心底深处的静谧所在，是散发出时间魅力的老灵魂。

它吸引的是所有喜欢怀旧的人，是喜爱寂静、有隐世倾向的人。我曾数次前往沙溪。曾经，那里有要好的朋友，她独自在沙溪经营一家旅馆。翻山越岭，前方有想要奔赴的地方、想去看望的朋友，是一件幸福的事。

1

在高速路彻底打通之前，从大理开车去沙溪有两条路可走。在邓川入口上高速公路，从甸南或者牛街出口下来，再翻越一座山，走过弯曲如蛇的山路，从日落苍山走到繁星初上，也就到了。

旅馆常年大门紧锁，蔷薇缀满枝头，覆盖了一整面黄色的墙。每到五月，满院满墙都是盛开的蔷薇花，繁盛之美惊心动魄。朋友总是带着浅淡真诚的笑容打开院门，迎接我的到来。放下行李，我们在客厅里对坐喝茶、聊天。

无论冬夏，沙溪的夜晚都带着凉意，冬夜更是寒气逼人。她时常在冬天穿着暗蓝棉袄，围淡蓝围巾。在热茶的烟雾缭绕之中，我们漫无边际地闲聊，询问彼此的近况，谈论周围小世界的世事变迁，说近在眼前的未来与看似遥远的衰老与死亡。

早年的沙溪，几乎每一个前来这里工作生活的人，身后都拖着一个与众不同的小世界。少有人是抱着做生意、挣大钱的念头到来的，他们往往都被这个深山小镇迷住，在这里寻求自由与平静，过一种与城市里不同的生活。

朋友在沙溪生活了八年，独自一人经营旅馆。这是一种想象中很有意思的事，却也是劳神耗力的工作——它首先是一种实务，与这个世界有经济往来，赚取柴米油盐所必需的金钱收入，然后才是一种生活方式。而大多数涉及现实性收入的事情，都有其劳累、苦楚、烦琐之处。接待南来北往的旅人，承担很多性情与要求，包括无理取闹、蛮横任性……她以一种温柔包容的方式化解并负担下来。可以在喜欢的地方、以喜欢的方式活着，自我雇用，按照自己的心意去经营一家旅馆，看书，养花，对她来说已是一种幸运。她不过是将幸运和它所附带的代价一并承担起来。

我们常常坐在客厅里长聊。有时聊到日暮黄昏，四周几无声响，她点亮院子里的灯，暖黄色的壁灯在暮蓝的傍晚中闪耀，满院的花草在暮色中发出草木气息。那样的温暖时刻，是我一生的美好回忆。

有时聊至深夜，聊天气氛一片祥和，或者伴随着观点分歧和争论。但每当聊天结束，我回到房间之后，总会升起一种感觉：无论如何，她都会以坚韧之心面对一切，我总是可以相信她、相信这份友情。或许是因为她走过的路，她独自奔赴沙溪，在这里一砖一瓦地建设旅馆、数年如一日地守着它，赋予她某种厚重的心性，让她能够担待世事变迁、人情变幻。

2

我第一次在同行朋友的带领下，走进她的旅馆院子时，天已经黑透了。黑暗中，她打开木门，我们穿过花草簇拥下显得挤挤挨挨的小径，走到了客厅。冬天的沙溪干燥，她的院子里却充盈着湿润的水汽，想必是她侍弄的满院植物，改良了一小片环境。

我内心震惊。在前往旅馆的路上，那位同行的朋友告诉我：这个女孩子一个人经营这家旅馆，已经有五年了。那时我便觉不可思议，断定她是一位厉害之人。在一个深山小镇，一个外来的女孩子独力撑起一家旅馆，是需要强韧的心力与性格的。在走进院子之后，面对满院花草，在黑暗中都能感受到那丰盛的生命力。

暖白与温黄的灯光之下，我看清了她的面容。清秀，发丝细软光亮，皮肤光洁细腻，甚至能看清上面的血丝。眼神温柔却又有种隐隐的倔强，正是那份倔强让她走过了这么远的路吧。我无论如何不敢相信，彼时她已三十五岁以上，岁月似乎未曾在她的面容上刻下刀斧之功，只是轻轻地滑走了，不留痕迹。

我在那个夜晚询问了她的漫漫过往，了解了她从湖南到沙溪的整个经历，对她很是感佩，彼此的距离也变得亲近。

当初，她在镇子边缘找到了这个院子，它在镇的北边，安静、古旧，她带着工人改造了整体结构，做了八间客房出来，再把猪圈改成客厅和阅读空间，客栈才基本成形。房间里所有的床，都是她买来老木板，请木匠师父现场做的，为此不惜错过当年暑假旺季的开业。房间里的木窗、新娘柜、书桌、古陶，都是她从村子里收罗来的。她喜欢古旧之物。"旧的东西有温度，经过时间淬炼，是有内容的，而不像新东西是空空的，是死板的。"她说。

原本光秃秃的院子，她种满了玛格丽特、天竺葵、荷兰菊、木茼蒿、多肉植物……种类多到她自己也难以数清。一棵石榴树拔地而起，每到秋冬，金黄熟透的石榴便坠在枝头。溢到墙外的野蔷薇，是她当初爬山时在山林深处发现的，它们在无人处开得肆意妄为。她折了一根枝丫，插在院子的土里，野性十足、生命力旺盛的蔷薇便自己爬满了院墙。

她好像天生了解植物的习性,知道该如何对待它们。她请来打扫院子的村里小妹阿媛总是惊叹于此,"有时候我打理一些植物,没多久它们就快死了。但她一接手,它们就又活过来了",阿媛曾向我如此感叹。她在一旁接话说:"你手重,植物还是要轻柔些对待。"

当一切按照自己的心意准备好后,她才在那年国庆挂上招牌营业。正值黄金周,旅馆每天全部住满,她忙上忙下,接待、做早餐、换洗床单、打扫房间,硬是一个人撑了下来。客人们看着她辛苦、周到、体贴,回去后都在网上写好评,旅馆的经营就此开了一个好头。

开业第一年,她没有请人,所有事情自己动手,卫生也是自己做,就因为想知道"到底要做到什么程度才能做得最好"。每天刷马桶,换洗床单,给花花草草浇水,骑着电动三轮车去汽车站接客人、拉行李……有时候客人都看不下去,说"让你们的服务员小妹来做吧",她也只是笑笑。直到后来体力不支,心里的声音也说"可以了",她才请来村里的姑娘帮忙,将卫生与清洁工作交到了小妹的手里,自己承担前台、接送、沙溪旅行指导的工作。

那一年,她明白了什么叫作"经营旅馆",它几乎与风花雪月、浪漫情怀没有关系，而是一种彻底的务实与照料。

3

走到沙溪之前，她曾经过漫长的旅途。

她生于上世纪八十年代，在湖南乡下度过童年。爬山上树，与乡下孩子打架，闻着禾苗稻田的清香，在田野之间无拘无束地长大。乡村生活的气息，从儿时起便刻在了骨子里。

家在山脚下，她时常独自一人走进山林，爬到半山腰，远远地注视着住在那里的几户人家。那时她年幼，不知道这些人来自哪里、在这里做什么，只知道他们陌生，从遥远的地方迁徙而来，过着与世隔绝的生活，不与山下村民往来。她站在那里，想象他们的生活，不乏羡慕与向往。那时的她不会知道，这份深刻的童年记忆，会成为日后她追寻自己生活时的密码和样板。有一天她也会像他们一样，走上同样的路——成为异乡人，在深山隐居。

在那之前，她有过很长一段的城市生活，中学的时候跟随家人搬至市里，一直到大学毕业，后来工作，都在城里生活。但她始终无法适应。

中学时,她不喜欢学校和老师的势利,逃课,在学校图书馆里看了三年书。大学毕业后,她也曾像同龄人一样,在公司里找一份工作,每天朝九晚五,上下班打卡。但做过的几份工作都是"三天打鱼,两天晒网",每份工作都做不过两个月,后来索性就不去了。从那时起,她就开始想办法不上班、自谋生路。

她开过一家淘宝店,专卖毛绒娃娃。那是智能手机尚未出现的时代,她大部分时间都窝在房间里,抱着电脑接单、发货、写卡片,最开心的事情就是帮买娃娃的男孩子写卡片。

女孩子们都感动得一塌糊涂,也成就了一段段姻缘。她感到满足,"那种喜悦非常大,所以这个店就做了三年"。但代价是:三年不怎么出门,终日与电脑为伴,原本就体弱、从小泡在中药里长大的她,体能直线下降,直至最后支撑不过来。

4

她回到父母身边生活了四年,每天休养生息,照顾自己的同时也照顾家里人。四年后,她没有犹豫地离开了。四年,她见证了身边亲人朋友的离世。"看着他们弥留的样子,你永远不会想到他有这一天。但他就有这一天,那么可怜地在你跟前,然后就消失了。"她说。因此她更觉人生紧迫,要赶紧去过自己想要的生活。

她背上背包,在中国大地上游荡。往北去了东北平原、内蒙古大草原,往南抵达繁华的香港,再一路晃荡至云南,准备走滇藏线去雨崩,然后进藏。却在走到香格里拉的时候,感冒生病,不得不返回湖南。一周后,病好得差不多了,她再次上路。

这一次,尚未痊愈的她不敢再冒险走滇藏线,便提前在网上搜索"云南有哪些小镇",准备在小镇里待上一段。她去过大理的双廊,很喜欢这座洱海边的渔村,却也隐隐嗅到了这里即将热闹喧哗起来的气息。那是2013年,人潮涌入双廊的前夜,几年后,它便经历了火爆一时却也矛盾丛生的境遇。

那不是她想要的,她寻找的是一个远离人群、安静、朴素的小镇。走到沙溪的时候,她才觉得来到了正确的地方。她这么形容初见沙溪的印象——"走在四方街上,没有人,八点钟天就黑了,所有的灯都关掉了,走路都是黑的。旅馆门前的路还是土路,堆着粪,一些游客嫌弃沙溪有牛粪的气味,但我却觉得特别原生态。天是蓝蓝的,是生活本来的样子。在这里活一天，比得上我在城市里活一年，什么都值了"。

常常为一件事、一件物、一个人而纠结的她，在这件事上却毫无纠结与动摇——留在沙溪，哪儿也不去了，就在这里生活。当天晚上她便跑去镇上唯一一家书店，问老板娘，在这里生活，多少钱够？

一千块。

不多啊。她算了下账，打算开个果汁铺，一个月的生活费就足够了。但她没想到在沙溪的第一年，店铺只开了七天，其余时间她几乎都在爬山、逛村子。每天天一亮就出发，把附近的山一座座地爬。爬累了，就把随身带的布铺在树下，睡上一觉。有时醒来天都快黑了，便孤身一人穿越树木森林下山。也时常去村子里和村民聊天、交流。淳朴的白族农民们毫无戒备之心，即便素不相识，也会热情地接待她，邀她一起吃饭、喝茶。

那一年，尽管没有正经地做一件事，她却在每天爬山、闲逛之间，与沙溪的牵绊越来越深。一年后，她决定安生地在沙溪住下来，才向家人筹钱，改造院子，经营起了旅馆，一做就是七年。

5

每一次开着车，穿过高山与云朵、隧道与河流前往沙溪，我都像在奔赴乡间归处——一个古老乐园。那里，正有人等着我。

我想，或许不仅是我，还有她的许多客人，都对沙溪、对她的院子怀抱着牵挂。所以她有许多回头客，每年都来，一住便是一周、十天，甚至一个月。她和她的院子，是曾经在沙溪和大理最为常见、如今却在慢慢消逝的一种形态：人们因生活而来，在此经营一份事业，兼顾工作与生活。没有大资本的注入，不以利润最大化为单一目标，还保留着人的温度、情感和连接。

她的沙溪八年便是这样过来的。不以做生意为主要出发点，避开主流和大众，在小众和边缘地带生存。安安静静的，整日紧闭大门，只接待网络预订的客人，多少带有封闭与孤独的痕迹。它不会成为古镇里最引人注目、收益最高的存在，却以踏实温暖的经营，拥有了稳定持续的客源，成为镇子上经营状况不错的那一拨。

"我不喜欢以商业的方式，跟上门来的客人说，你进来看看房吧，我们家挺好的。这不是我要的。我就想要我原原本本的样子，而不是为了钱变成商人的模样。"她说，"我相信，一个人只要找到正确的方法，赚钱和做自己喜欢的事情是不冲突的。没有必要把整个生活作为垫脚石，去追求经济上的东西。当你找到正确的路径，循序渐进地去追求，该属于你的东西一样都不会落下。"

"我不相信利益最大化，利益最大化的东西都很短暂。我相信细水长流，相信来得快的东西去得也快。细水长流还能享受到生活的美好，多好啊。有饭吃，有衣穿，有一个地方可以睡觉休息，有一笔在你遇到事情时可以去应对的钱，就很好。"

她细水长流地经营，也在经营之外，看到了更千姿百态的人与人生。

有人在经历开颅手术后，来沙溪旅行，在她的院子里一住就是一个月。这是一位北京姑娘，一个月里，她看着北京姑娘从低沉、暴躁，到慢慢放松眉头，变得愉悦、轻松。她也看着北京姑娘在寻找感兴趣的事情，似乎想要从原来被家人安排的、循规蹈矩的生活中突围。当北京姑娘从沙溪回家后，开始了更多尝试：禅修、素食、木艺、布艺，想要赋予人生以更丰富多样的色彩，整个人的精神状态也活跃了起来。

她接待过很多这样的人。他们大多遭遇了人生的重大冲击、伤害、挫折，出门旅行散心，过一段放空的生活，重新审视自己的人生。他们来到沙溪后，在这里住下，她目睹了他们在沙溪发生转变。

但不是所有客人都这般友好、充满善意。旅馆这样的地方，包罗万象，形形色色的人都会出现。她不是没有遇见过奇葩。"有蹭睡的，有各种挑毛病只为了退房费白住的，有二十四小时内找你三五十次、让你全部时间围着他转完了还写差评的，还有当面把你说得各种好但在网上给你写差评的……一开始挺难受，后来就想通了。我应对不了你，但你会在其他地方付出代价。这个世界是平衡的。"她说。而她最多是损失点钱，却也延伸了对人类的想象。

6

我喜欢在秋冬去沙溪。秋天是金黄色的，稻田成熟，整个坝子都披上了一层灿烂温柔的金色毯子。站在附近的山上俯瞰坝子，美得不可思议，秋高气爽之感甚是怡人。而冬天的沙溪，又是另外一番模样，是彻头彻尾的世外清冷仙境。

冬天的沙溪，清晨的河上会起雾，光景非常美。站在河边观看，就好像在欣赏一幅笔墨淡然的水粉画。蓝色的天空与河水，河边光秃秃的树，远处的山，山间缭绕的白色雾霭，也像极了印象派笔下的风景。

古镇里的光影，是另一种让人心动神移的场景。冬天的光格外强烈透明，照在土墙上、古旧的木门和广场上，光影斑驳的样子十分迷人。光照鲜明，阳光美妙又清冷，河流与田园围绕在古镇四周，群山俯瞰着这个山谷与生活其中的人们。

因为朋友的关系，我认识了镇子里的许多人。有像她一样，开一间小店过生活的外地人，也有经营餐馆、在旅馆工作、当包工头的本地人，他们勤劳、质朴、真实。开牛肉馆的英姐，一年三百六十五天都在店里忙碌，大年三十都不休息，见人就笑，笑容朴实，做的牛肉好吃极了。包工头杨哥，被高原的阳光晒得黑黑的，笑起来眼睛眯成一条缝，像一轮细长的弯月。在朋友改造旅馆时，他负责水电，活干得十分仔细，她和他便有了持续多年的交情。还有在旅馆工作了数年的阿嫒，家就在几公里外的村子，每天骑着电瓶车来工作，有了一份稳定收入，还能兼顾家庭和孩子。

她营造了一个稳定、持续、温暖的小世界，人们在这里得到了稳妥的安置。

镇子上的外来年轻人，也在踏实地经营自己的小店。

四方街旁边的南古宗巷，有一间小巧精致的咖啡馆，两层木头房子，早上阳光照进店里，坐在门口晒太阳非常舒服。经营者是一对九零后的年轻夫妻。到 2021 年为止，他们经营这家咖啡馆已快八年。八年前，他们还不到二十五岁，离开青岛来了沙溪。两个人只是因为喜欢喝咖啡，就决定开始做咖啡，在小镇里安安静静地待着，每天都待在咖啡馆里选豆子、烘豆子、做手冲，品尝咖啡的味道，研究怎样才能做得更好喝。有时淡季关店休假出去旅行，去到一个新的城市（比如清迈），也是一家家地跑咖啡馆喝咖啡，一天能喝三四家！即便在一个深山小镇，他们也具有职人精神，在认认真真地做事情。

还有四方街上的一间杂货铺，经营者也是一位九零后女孩。她曾经和前男友，在贵州、西藏游荡，摆地摊，卖尼泊尔买回来的大腿裤、披肩，等等。后来在路上漂泊得累了，来到沙溪，想在这里安稳地生活，便留了下来。开个店，卖苗族服饰、绣片，也卖过佛珠、藏饰。

她让我想起自己曾有过的吉卜赛之梦。大学和刚毕业的时候，我都曾在路上晃荡，一个月，半年，一年。后来回归城市，有了稳定的工作。但某种程度上说，我在城市过吉卜赛生活，没有朝九晚五，以采访、写作为生，以边缘人的身份在城市里漫无边际地游荡。

7

沙溪实在是太安静古朴了，以至于每一次在那里待几天出来，我都会有种奇妙的眷恋感，就好像是从一个与世隔绝、安静玄妙、魔幻得超现实的地方出来。那种感觉就像：要回归现实了，我却想要回到深山中的小镇上去，在那里做梦、游戏，安静快乐地度过余生。离开之后，每隔一段时间便会想念，总想着要去那里待一段时间。

当我在2021年夏天再去的时候，一切已经物是人非。朋友在2019年秋天转掉客栈，过上了隐世生活。

古镇的光影依然迷人，它给人的感觉依然安详、静谧，好像世界的慌乱与此地无关。哪怕处处兵荒马乱，来到这里，你都可以立即抛弃外面的一切，只专注于眼前炽烈的阳光、天上飘浮的浅白的云朵、微风吹拂下的树影斑驳。在沙溪，你很容易陷入这样的光景，不知人间几何，只有当下的浓烈阳光、光影重重，四周的高山，各式生长的树，玉米，向日葵，漂亮的白族民居，光打下来的黑影与白墙。

如今，亲密的朋友不在这里了，我也像断了和镇子的重要连接。夜晚，高原的星空闪烁，水塘和田野里蛙声一片，黑夜比别处更黑，我有些难过。曾经因她和她的院子的存在，沙溪有家一般的温馨与归属感。如今少了这样的人和地方，我在小镇感到些许漂泊意味。

可一切也是没有办法的事。世事变迁，人世无常，才是永恒不变的规律。古镇也正在经历变化，高速公路年底打通，先锋书店在附近的村子开业，人流如织。镇子边上有了房地产，小镇有了第一个可售卖的商品房楼盘。现代气息在一点点注入镇子，你无法知道未来的某一天，它的古老、悠缓、与世无争，以及随心所欲和淡然苍茫，是否还会存在。那是无形却又无处不在的气韵，是上千年来茶马古道的历史遗留给小镇的精神遗产，是赋予小镇以强大吸引力的迷人精神。

我依然还会去沙溪。哪怕是见证它的变化，看着它从古老走向现代，我也要目睹这一切如何发生。而那个古老的、隐世的小镇，和我倔强的、隐匿的朋友，也会永远存留在我的记忆里。写下它和她的故事，是我保存记忆的最稳固方式。

二

一个单亲妈妈的奇迹

1

戈娅的人生断裂时刻,发生在 2016 年 5 月。她在重庆生活多年,却在紧迫形势下去了大理。不得不走。

那天,她送七岁的儿子火娃去寄宿学校,孩子的手却紧紧地抓住门,不愿意去上学,眼泪大颗大颗往外滚,像珠子一样掉落,眼睛死死地盯着她。那一刻,她终于清醒过来:不行了,这个孩子不行了。

是她把他送到寄宿学校去的。能有什么办法呢?她离了婚,要工作挣钱,为她和孩子的将来考虑。火娃还不是一个普通孩子,他在两岁那年被确诊为自闭症谱系障碍。她不可能兼顾工作与照顾一个自闭症孩子。

她自己的工作和生活也是一团糟。白天上班,晚上接外稿,写微电影的剧本、电视台的文案,周末去给电视台的节目做嘉宾。有时候一坐就是七八个小时甚至全天,开车回到家的时候,她觉得整个脊梁骨都已经僵掉了。

她还要社交,抽空刻意进行许多社交活动。她只想把时间全部填满,不让自己闲着,这样也就不用去想那个待在寄宿学校里的孩子。

但痛苦与愧疚一直在暗处攻击她。那半年大概是她人生中最糟糕的时间。在重庆这座山城的许多街边,都曾经停留过一个女人,她深夜把车停靠,一个人坐在路边一支接一支烟地抽,哭到不能停止。可是回到家里,面对父母,仍然要保持微笑。有时候刚结束一个饭局,笑着和同事们说了"再见",转头回到车里,她捂脸崩溃大哭。

那时候,她甚至没有勇气去抱抱孩子。她感到亏欠,就好像是自己抛弃了他,伤害了他,让他这么小就领略到世界的无情。拥抱一下,就能解决问题吗?

直到那天,火娃的抗拒和痛苦像火山爆发,她才猛然惊醒:必须要停止这一切,做出改变了。她想离开,带着孩子换个环境,缓解他已经很严重的情绪问题。无论哪里,只要是山清水秀、适合孩子生活的地方,都可以。

也是在那天,她在校友群里看到一位学弟在大理开客栈,立刻发消息问他:"能不能带孩子来你们这儿住一段时间?"一句简短的询问，带来了她此后人生轨迹的彻底改变。她不会想到，原计划去大理的短暂旅行和休养，会变成定居大理。她会从一个光鲜亮丽的媒体主编，转变成开微店的小老板，甚至有了"大理微商女王"的称号。

她更不会想到，自己会在大理创办一所自闭症支持中心，接收来自全国各地的自闭症孩子，尝试在大理这片包容的土地上为这些特殊孩子探索出路，让他们能够自在生长。

2

火娃是退行性自闭。一岁多的时候，他有超出常人的智力表现，会坐在露台上看着云自己造句："天上的云，一会儿像个乌龟，一会儿像个兔子，一会儿像个车……"

但两岁后，一切开始不对头。他完全不跟同龄人玩耍，也无法跟随除了家人之外的任何成人，语言能力的发展也几乎停滞了。种种症状让戈娅担心，上网查阅后，她怀疑孩子可能是自闭症谱系障碍。那个夜晚，指着电脑给孩子爸爸看一条条症状时，她号啕大哭。

那时她三十岁，走过了还算平稳的人生。从小是学霸，工作风风火火,写专栏、当主编,收获了不少读者和粉丝。在适当的年龄遇到中意的人,结婚、买房、第一次做妈妈,新生儿带来了疲劳,也带来了意想不到的喜悦。

怎么也没想到,孩子撞上了全世界医生都无解的难题。那是如暴雨撞击世界的噩耗。

在医院确诊的那天,孩子爸爸在前面开车,戈娅陪着孩子坐在汽车后座。火娃仍然天真地玩着他的小车,戈娅眼中的世界却一片灰暗。熟悉的重庆,像是"被龙卷风席卷过一样,满目疮痍,全是灰,全是灰……"

她甚至曾有过一段心灰意冷的时期。那时候,她对孩子很放纵,要什么都给他买,做什么都可以。"他这辈子还能有多少快乐呢?我把他带到这个世界上来,却让他受苦,也互相折磨。我们都太惨了,活下去本身已经需要费尽心力了,还想干吗呢?还能干吗呢?"她曾写道,"他为什么要折磨我?我为什么要生下他?"

她一度心生恨意。或许也是在恨意的引导下,她做出了人生中最错误的决定:送火娃去寄宿。他们给他找过十几所学校。去普通学校,老师说症状太重了。去特殊学校,又说他症状太轻了,"放在我们这里只会变得更糟。"

有时还会在一些托管机构里看到更让人绝望的现象。机构环境脏乱差，到处透着一股腐败的气息。前来接送孩子的家长，脸上都是愁苦。还有那些被长期托管的孩子，老师说他们已经被父母放弃了。她看到一个七八岁的孩子，"坐在院子最边缘的栅栏边，衣服旧旧的，脸上一点表情都没有。人间，真的好苦啊"，她有种发自心底的痛。

她把火娃送去了一个寄宿的康复机构，那是她比较了很多家之后，能够给火娃的最好的教育。但，火娃毕竟只是一个六七岁的孩子，还是对亲人有着深重依恋的自闭症孩子。那段时间，戈娅每周一开车送火娃去学校。校门口车辆不能久留，便由戈娅的妹妹把火娃送到教室。每一次，火娃都紧紧抱着小姨不松手，哭着不让她走。她抱了又抱，最后狠心转身离开，一路哭着去附近的公司上班。

直到最后的崩溃来临，火娃拽着门，死也不愿意去学校，戈娅才意识到问题的严重性。一天之内，她就做出了离开重庆去大理的决定。

买好全家人机票的那天，戈娅带着火娃去公园玩。她坐在石板上，看着独自在草地上捡石头的火娃，特别想哭。四下无人，她走到火娃身边，摸着他的头发，眼泪流了出来。

"火娃,妈妈对不起你,我不该送你去学校寄宿。现在妈妈不再工作了,我们要坐飞机去大理玩。以后,妈妈会一直陪着你。"说完这番话,她泪如雨下,止也止不住。七岁的火娃吃惊地看着她,伸出小手去触碰她的眼泪,就好像"人生第一次看到一个人的眼泪是如何流动的"。

但看着泪水越来越多,他急了,从地上坐起来,跪在她面前,伸手在她的脸上、眼睛上一直抹,一直抹。戈娅哭得厉害,她搂着孩子的肩膀,说不出话来。直到,他捡起一块白色的景观石头,举到她眼前,差点撞上她的鼻尖,嘴里说着:"小石头!一个小石头!"

戈娅破涕为笑。她理解孩子的心,他在担心她,用这种方式告诉她:"妈妈,你别难过。"

3

在把孩子送去寄宿学校之前,戈娅就和丈夫离婚了。导火线,也是孩子。

就像许多有自闭症孩子的家庭一样,他想再生一个孩子,"享受一下普通孩子带来的乐趣"。一天早上,他向她提出这个想法,她却在晚上提出离婚。十年婚姻,感情已淡,还要面对一个特殊孩子。她知道他内心爱孩子,同时也看到他在养育中的缺席。"如果没有对第一个孩子非常负责,仅仅是想要一个'更好的孩子',我是无法接受的。"她说。

于是,她成了一个单亲妈妈,而且是带着特殊孩子的单亲妈妈。

去大理,不过是因为学弟的客栈可以打折。他收到消息后却跟她说:"住在客栈里人来人往的,对火娃不一定好。我们有一套租的房子,可以借给你们先住着。房子很大,你可以把你爸妈也带来,住多久都可以。"她不知道的是,学弟并没有这样一套房子,他是放下电话后,起身就去苍山下的村子到处找,跑了很多天,现租的一个白族院子给她。为了不让她有心理负担,直到她要上飞机了才告诉她实情。事后问他,他就说了一句话:"你们得住得舒服,得把你们自己先照顾好。"

更多的不可思议也在抵达大理后浮现出来。

火娃在大理平静了下来。住在村子里的时候,屋后不远就是一条清澈的溪,是苍山十八溪中的一条。火娃喜欢溪水,整个夏天几乎都耗在里面。每天中午吃过午饭,他便迫不及待地换上泳衣，提着小水桶，催戈娅带他去小溪玩耍。

溪水里的小石头，他能玩上几个小时，说这块是乌龟，这块是小鱼，那块是螃蟹……戈娅就是在那条小溪里发现，原来火娃的平衡能力和视觉的瞬间判断能力这么好，在铺满石头的溪里，他竟然可以嗒嗒嗒跑过去，每次下脚都能踩到比较大和平整的石头。即便有时候踩偏，也从来不会摔倒，一瞬间就能跳到下一块继续保持平衡。而身为大人的她，小心翼翼地在溪水里踩石头行走，都走得跌跌撞撞。

后来，她看到火娃更多的神奇之处：在狭窄的小路、木板上健步如飞，平衡能力让人叹为观止。玩滑板，几乎是踩上去就会，没多久就在无人的路上风驰电掣。玩轮滑，穿上鞋后磕磕碰碰，摔过几跤后，也能行进自如，完全靠自己摸索学会了转弯、刹车、滑"8"字。

大理千姿百态的云，秋冬的风，四季盛开的花朵，青山，溪水，石头，带给火娃快乐，他就像是来到了一个乐园，处处都是可以玩耍和感知的东西。

看着火娃的变化，戈娅决定留下来。在这里，她开始看到希望。孩子能够生活得舒展，而她也可以想办法兼顾工作和照顾孩子，她开始重新思考今后的道路。

这时学弟告诉她，如果你要在这边生活，想想要干吗。带着孩子，她没法再做朝九晚五的工作。"大理土特产挺好卖的，你要做的事情就是把微信朋友圈人数增加一点。"学弟给出建议。

从那以后，她走上了开微店卖云南土特产之路。找货源、设计产品和包装、写文章、发公众号、发朋友圈、卖货……曾经穿着高跟鞋、拎着名牌包，出入社交场所与人谈笑风生的媒体主编，转身成了不施粉黛，每天忙着搬箱子、打包、贴胶带的小老板。没请店长之前，她的手腕上一直贴着膏药，因为每天打包，韧带不可避免地受到损伤。

此前数年媒体工作积累的同事、朋友、读者，成为她的早期客户。身为学霸，她也无法做一个"佛系"卖家，干什么事都想把它做到最好，"一定要当天发货，有问题一定给赔"，好评率就这样起来了。至今，她的微店已经是三皇冠的五年老店，有数万粉丝和高达 99.94% 的好评率。

写了十多年的报纸专栏也继续写着。每周有一天，她腾出时间来码字，晚上继续打包。

4

工作之余,戈娅把火娃送到了新式学校华德福的幼儿园,她也在这所学校里上课,当志愿者。大理是一个新式教育发达的地方,这里有各式创新学校,发掘着孩子们自主、自由成长的力量。

此前,华德福曾接收过一个脑瘫孩子,遭到了其他家长的抗议。恰好那段时间一位台湾教育专家来访,知道这件事后,教育专家说:"这真是一件很幸运的事情啊,所有的孩子都能在这么小的时候就知道人和人是不一样的,学习到与不同的人相处的经验。"此话一出,再没有反对声音。

当戈娅带着火娃入学时,顺利地得到了学生和家长的接纳。戈娅用文字记录下了一段火娃在学校里与同学们相处的趣事:

> 我看见过几个孩子一起在沙池议论刚刚从树上滑下来的火娃。火娃没有穿袜子,跑走的时候连鞋子也没有穿。
>
> "火娃!"有个孩子大叫,"你没有穿鞋子!"

"你管他穿不穿！你快点挖呀！我们这个城堡需要很多沙！"

"为什么我们不穿鞋，老师就要我们穿上？"这个小孩觉得很不公平。

另一个小孩一边继续认真挖沙，一边很懂的样子，说："因为火娃是火星来的孩子啊！你又不是火星来的！"

我在旁边一直憋着笑。关键是那个觉得不公平的孩子就这样被说服了，开始认真去挖沙了。是哦，这种天命所归的解释，真是让人哑口无言呢。这得益于老师们在火娃进入学校之后，不断给孩子们教导，他就是火星来的，他和我们不一样，所以孩子们能接受，他不一样。

也是在大理，戈娅遇到了人生中非常重要的导师 —— 来自澳大利亚的治疗教育专家芭芭拉。芭芭拉在澳大利亚一处康复村长大，康复村，是旨在为具有智力和发展障碍、精神健康问题和其他特殊需求的成人及青少年提供教育、就业和日常生活支持的社区，目前在全球二十多个国家有一百多个康复村。亚洲唯一的康复村在印度。

身为普通人的芭芭拉，从小在康复村与特殊孩子一起长大，熟悉特殊孩子的一切状况，成了一位治疗教育专家。2016年6月，戈娅开始去北京跟芭芭拉学习治疗教育，一直持续到现在。

芭芭拉喜欢大理，她一直建议戈娅在大理办一所自闭症学校。她说，大理很适合做特殊孩子的教育和康复，有成为康复村的潜质。"这里的人很有共性，比较想去追寻人生的意义，对金钱名利没有那么看重。"戈娅回忆芭芭拉说的话，"成为康复村的必要条件，就是见过足够多的人，理解每个人背后都有很多故事，理解人的多样性，对人不会有评判。"

芭芭拉的建议，在戈娅心中埋下了种子。在芭芭拉的指导下，她做过特殊孩子夏令营，操作了特殊家庭治疗教育项目。直到开办一所自闭症学校。

5

2019年的夏天，戈娅启动了"大理海灵心智障碍者支持中心"。

第一年，她们招了六个孩子、四位老师，教室从戈娅的家转移到一所只有四个房间的小院子，条件虽简单，却也五脏俱全地运转了起来。

那些孩子,既有大理本地的,也有从上海、成都等地来的。每一个孩子背后,都有一个心碎的家庭。戈娅想教会孩子们生活,在生活中去发展一个人活着所需要的种种技能,感受活着的乐趣,也发掘每个孩子的兴趣与闪光点,支持他们把它发扬光大。

有喜欢厨房的孩子,日常生活里难以与人形成正常的、有来有往的对话,却对做饭有着无师自通的天赋。每一次,只要看一眼食谱,他就能做出令人咋舌的美味来。有对色彩很敏感的孩子,对色彩的搭配和渐变处理很有天分,无论是画画还是拼布都能做出色彩令人赏心悦目的东西。

但不是所有自闭症孩子,都像传说中那样拥有异于常人的高功能。他们大部分都缺乏基本的生活自理能力,不能与人正常交流,甚至连基本的语言表达能力都有所缺失。

在美国著名的自闭症人士、畜牧专家天宝·格兰丁的书《我心看世界》里,她分享了很多关于自闭症患者的困境。"有的人会因为视觉深度扭曲而感到上下楼梯特别困难;有的人一旦进入噪声集中的地方(比如超市)就会耳朵疼,濒临崩溃;有的触觉过于敏感以至于衣服的缝线都能让他们的皮肤感到疼痛和灼伤；有的人看到的世界就像万花筒，全都是碎片；而有的人又像从狭窄的纸筒里看出去一样，只能看到局部。"

戈娅对火娃的情况最为了解。"火娃的听觉发育过度，对嘈杂的人声、细碎的噪声，甚至是风声、小虫子爬过的声音都很敏感，那通常与声音的大小无关，他只是对无序的声音比较敏感，听儿歌或古典音乐时就很专注、享受，但走在路上却时不时地撩起衣服堵耳朵。"戈娅说，有时从街道很远的地方传来非洲鼓的声音，她完全听不到，他却能捕捉得清清楚楚，并享受其中。

在海灵，有曾经喜欢咬自己手背的孩子，手上布满层层叠叠的伤口增生，进入集体生活后，每天都笑着，不再轻易伤害自己，伤痕也一天一天变淡了。从前不进任何课堂、永远在边缘的孤单孩子，每节课都去上了。从前常被老师赶出课堂最后只能退学、退避社交的孩子，主动和同学们搂搂抱抱了。

从志愿者做到老师的小陆，在海灵看到了工作这件事的意义。"在这里当老师，没有那些虚的理念，都是在做实事。可能上一秒还在讲课，下一秒就要动手给孩子换尿布。"她说。也不是没有成就感，当她看着一个孩子在入学之初双眼浑浊、完全无光，半年后眼睛就变得灵动起来，成了一个生动的人时，她的心里无限感动。这，就是做特教的意义和价值吧。

6

大理这片土地，和生活在这里的人们，也常常带给戈娅和老师们感动。无论是本地人还是外地人，几乎没有人会带着异样的眼光去评判这些孩子。这一点，让孩子、家长和老师，都活得相对轻松。

每周有一天，老师会带着孩子们去户外实践。比如，去超市里买东西。多去两次，讲着大理本地话的服务员们认识了这些孩子，也开始学老师们去跟孩子讲话。排队时，有些孩子着急，收银员会说："别急哦，还有一个就轮到你了，你要耐心等待哦。"付钱时，孩子不知道该给哪张，收银员会指着钱告诉孩子："你要给我十元，这张是十元，对！零钱要放回包包里。"

有时会遇到白族阿嬢，观察之后阿嬢发现这群孩子不一样，便跟戈娅聊天："这些孩子是有智力障碍吗？哦，那你们很不容易，但应该也有很多乐趣吧。"一瞬间，戈娅的眼泪都要流出来了。"大理的土壤很好，人们很包容，富有同理心。"她说。作为一个自闭症孩子的妈妈，她遇见过太多生硬的同情，听到过太多越界的建议,却总是在这些朴实的人身上,得到宝贵而有分寸的善意和理解。

生活在大理的外地人,时常来海灵做志愿者。和大城市不一样的是,这里的人们做志愿者不是为了拿一份履历报告或证明,只是单纯地想做志愿服务,没有功利企图。有一个志愿者结束后还写了一篇小作文给戈娅,讲他用不同方法跟孩子交流的心得体会。

"在大城市,人们都忙着还房贷车贷,总憋着一股劲儿要去争取什么,哪有时间去做志愿者。"戈娅在多年观察后如此总结,"在大理,大家有可以自由支配的时间,灵魂更自由,追求人生意义,所以不少人都愿意做志愿者。"

2020年,戈娅眼看着学校里的孩子渐渐长大,也看到更多大龄自闭症孩子缺少支持,便想把十四岁以上大龄自闭症人士的生活社区也做起来。决心一定,她便在朋友圈里发了一条寻找场地的消息。没想到,很快就收到了一个好消息:一所地处喜洲的新教育学校大本书院,将他们花两三百万装修出来的两座白族大宅捐给了海灵。原来的孩子升学结束,书院完成了使命。创始人只和戈娅有过一面之缘,此后在朋友圈里默默地关注了她好几年,如今看到消息,毫不犹豫地捐献场地,也成了海灵的理事。

海灵,终于从一个条件简陋的小院子,搬到了地处喜洲的四合大院。

7

做自闭症人士的全生命周期支持,是戈娅心里长久的梦。自闭症孩子也终将长大,或许一辈子也难以像普通人一样工作生活,未来该怎么办?就像面对火娃,她日思夜想过这个问题。

当无法兼顾工作和孩子,她辞职、搬家、移居大理。在大理找不到适合自闭症孩子的学校,她就自己当老师。以孩子的智力是不可能考大学的,那就花五年、十年慢慢教,教最简单、最基础的东西。孩子很快就会长大,不能老跟自己混,那就想办法把学校和康复社区做起来,让更多大人和孩子可以一起生活、工作……"下雨我就打伞,开花我就欣赏。车到山前必有路,我依旧努力地活着。"她是这样想也这样做的。

现在,海灵能够接受九岁的孩子,也能接受成年的"孩子",没有年龄上限。她希望这里是一个能给全生命周期提供支持的地方。这里，既有生活无法自理的脑瘫儿，也有能够完成基本工作的大孩子们。老师们带着他们做手工，做辣椒酱，做酸萝卜，摆摊卖手工冰粉……总之做一切他们能参与、可以完成的事情，给他们开工资，让他们的人生尽可能地像普通人一样，能挣得一点收入，更丰富、更自由……

在海灵的几位心智障碍成年人来自大理周边，戈娅四处打听后，去到家里，请求他们的家人让他们走出家门，到海灵来学习工作。其中一位女孩的父亲，最初不同意，但跟着女儿来了一次海灵之后，看着她在海灵有事做、有同学朋友，一副很开心的样子，他不仅同意，还在一个午后给小陆老师打了电话。

那天，他听上去像是在参加一个宴席，喝了酒，说话有些醉醺醺的，四周也一片嘈杂。拨通电话后，他大声地喊着小陆的名字："喂，小陆老师！"

小陆应了一声，还没来得及说什么，他又说："我不会说话。谢谢你们！"小陆又没来得及说句话，他"啪"就把电话挂了，留下小陆拿着电话一脸蒙，随即红了眼睛。

三十年了，这个大男人应该也为女儿操碎了心。他从来没想过女儿有一天能走出家门、工作挣钱，过上有社交的生活。

在海灵，他或许才第一次看到女儿发自内心的满足和快乐，哪怕只是和老师同学坐在一起，做扎染、缝杯垫，听着大家说笑，她也会跟着笑。这是他以往想都不敢想的事情。不会表达感情的他，借着酒意，跟海灵的老师说了一声"谢谢"。

也是在这个女孩身上，戈娅和海灵的老师们看到了更大可能的社会融合。女孩家距离海灵有十几公里，家里没有条件每天接送，她只能每天独自坐小巴车往返——这对从未独自出过门的女孩来说，是一个巨大的挑战。

但是，这条路上的小巴司机和乘客们却让人感动。小陆第一次送她去坐车的时候，向司机说明"这是一个需要帮助的女孩"，托他一路照顾，司机很郑重地应承下来。车上的乘客也七嘴八舌地讨论了起来："我靠窗，看着路，要到了跟司机说。""我看着时间，提前提醒司机。"小陆看着一车人的热心参与和帮助，又是心里一热。二十分钟后，她接到女孩妈妈的电话，说她到家了。

后来，这条路上的小巴司机几乎都认得了这个女孩，知道她每天在哪里上车、下车，她脖子上挂着的信息牌——那上面写着姓名、电话、上下车地点，都快用不上了。戈娅忍不住在朋友圈宣告："好骄傲好开心啊！社会融合不是没有可能。"

大理这片土地和人民，给她的惊喜实在太多了。

8

来大理六年，戈娅有时回头看看，不敢相信她和火娃发生了这么大变化。当初那个濒临崩溃的妈妈、濒临崩溃的孩子，如今不仅生活得自在快乐，还创造了这么多奇迹。是大理吧，是大理这片土地和生活在这里的人，让奇迹发生。

之前很多年，她都是那个埋头匆匆赶路的人，没什么心情去看一朵云。尤其是刚刚迁居大理、生活还一团糟的时候，她甚至不能理解为什么朋友们痴迷云彩。可是，当时间流逝，当她和火娃在大理身心安稳，当火娃都喜欢躺在屋顶天台上看柔软的云团飘过时，她也开始时不时抬头欣赏云。

大理的云，是曼妙多姿的啊。有时是白色，像棉花糖，像宫崎骏的电影场景。有时是玫瑰色，有时是淡蓝、淡粉、淡灰色。每一朵，都像是画笔画在天上，成为印象派画家笔下那梦幻抽象的场景。

火娃也变得诗意起来。那些童真的话语，就像水在山间流淌一般，自然而然地吐露出来。

有一天,你在认真地看着窗外,我问你看到了什么,你说:"看到风了。"我喜欢这个回答,不是摇晃的花和树叶,你说你看到的是风。后来,又有一次,你说你看到了风,我问你风在干什么,你开心地跑起来:"风在跑!"那天是大理的风季,风真的在跑呢!

还有一次,我们在溪里走路,你盯着溪水告诉我:"小溪哭了,它流眼泪了。"

我问你:"它为什么哭?"

你想了想说:"它很伤心。"

"火娃平常是为什么哭?"

"火娃也是一样的。"

然后,你小心翼翼地伸出手,轻轻去抚摸流水。

和戈娅、海灵的师生们相处的时候,我总是在想,这些孩子的未来、老师和家长们的努力,都在通向哪里呢?直到看完戈娅的书《看风的孩子,谢谢你成全了我》,我才有了答案。书的末尾,她写下了给火娃的一段话,道尽了一个自闭症孩子妈妈的全部心声与希望。它是这样的:

我想告诉你的是,这世间有能力足以改变世界的人,也有拿起一双筷子都要用尽全力的人;有被掌声与灯光包围的人,也有在路边鼓掌的人。每一个人只要活得真诚,都值得被尊重;每一个人只要活得平衡,就不枉此生。像我们这样平凡的人,只要努力完成普通的生活就好。这一生,就让我们互相担待、互相成全吧。

注:本文部分内容参考、引用自戈娅的书《看风的孩子,谢谢你成全了我》,这本书里戈娅讲述了自己带着火娃移居大理的历程,以及与自闭症孩子相处的心得体会。

三

莫催

十四年了。自从2007年离开北京，她在大理苍山上2200米高处的山谷里工作、生活了十四年。溪水从山上欢流而下，流经山谷间一处地势较缓的山坡，人们在这里种植茶树，修建房子。溪被命名为桃溪，是苍山十八溪之一，山谷便叫作桃溪谷。她在山谷租赁、修建了一座茶室，取名"莫催"，管理着附近一百亩茶园。

十四年，外面世界迅猛变化，山上的世界也一样风云变幻。经历了环保风暴，她花了几十万修建的房子被拆掉，茶室不能在山上经营，搬去了山下。她在兜兜转转中，仍然留在山上，采茶、制茶、喝茶、弹琴，安心当一名茶农。某种心境仍然长驻心中。当她独自走在山间草木葳蕤的密林小道上，四周只闻鸟鸣和风吹过树叶沙沙的声音，她依然享受这份幽静，心底会浮出"若小路再远一点，永无尽头就好了"的念头。

她在山上走过了二十多岁到四十岁的时光，没有结婚，单身一人，过着安静的独居生活。虽仍对亲密关系有期待，却也相信顺其自然，安住当下。能够自食其力，养活自己，过着自觉理想的生活，已是一种幸运。虽时有孤寂之感，遇美景无人分享，可又能怎样呢？日子还是得过下去。与其与不合适的人勉强度日，她宁愿孤独一人。

至少，那是她主动选择的生活。离开北京而去大理，离开城市住到山上，从办公室白领变成一名茶农，她经历了寻找和尝试，走过条条幽微无人的小路，才抵达想要的生活。她是不能够随意将这样自由平静的生活拱手于人的。即便独自绽放，也好过尚未开放便已枯萎。那是一条与众不同、富有勇气的自由之路。

她叫简辉，湖北人，大理"莫催"茶室经营者。

最初，她无法在城市生活中找到意义与归宿。北京六年，在公司上班，是一名行政部职员。每天上班下班，地铁公交，时而和朋友同事吃饭。放眼望去，四处是接连不断的高楼、车流、人群。她置身其间，总是无法找到归宿感。

不少家人朋友都在北京，年长四岁的亲哥哥也在北京奋斗。在家人的支持下，她在北京有了一套小房子，每月还着数目不高的房贷。但即便如此，"没意思"仍是时常从心底泛起的厌离之感。

原本工作了数年的公司氛围很好,她尚能待得住。利用假期,走遍了大半个中国。独自一人,背着背包,一路住青旅,认识不同的人。每到一处,听说哪里有本地特色小吃,她便两眼放光,拉着新认识的小伙伴冲过去。

公司领导也时而带着他们外出团队旅行。她这辈子看过的最好看的流星雨,就是和同事们一起在内蒙古大草原上看的。空旷无际的草原上,一片漆黑,没有任何遮挡,站立其上的人可以真正感受到被包裹在巨大的宇宙里面。流星,不是稀稀落落地飘过几颗,而是真的像下雨一样哗哗落下,场景甚为宏大壮丽,她和同事们都看呆了。此后,她再不稀罕人们所说的流星雨,"曾经沧海难为水"的含义她有了切身体会。

几年之后,她所在的项目被砍掉,她去了另一家公司,才明白曾经待了数年的地方是多么乌托邦。陌生的新公司气氛疏离冷淡,不乏压抑之感。没多久,她就待不下去了,只想赶紧逃离。心底深处那种"没意思"的感觉也达到了极致,车水马龙的城市、日复一日的办公室工作,那不是她想要的生活。

她"裸辞"了,计划用半年时间,把剩下的半个中国环游一遍。贵州、四川、云南、西藏,还没有去过的省份都想去看一看。那是那个时代并不普遍并且需要勇气的行为。可她还是说走就走了，无所顾忌，不计后果。

后来，无论是决定在苍山上停留，修建茶室，还是搬去山下，在喜洲镇外安静的小院子重新开始，她都有同样的魄力：说干就干，没有纠结，一旦开始便一往无前。最初，就是这份出走的决心与果断，给她打开了新的局面。

她在四月抵达大理，爬上了苍山。就像许多后来留在大理生活的人们一样，这座紧挨着城镇的温柔绵延的青山，成为她留下的理由。她是走无人的小路上山的，独自一人，背着水、干粮，沿着通往桃溪谷的石子路往山上去。走到护林防火站的岔路口，她向守山的老人问路，老人告诉她：往北是去白雀寺，往南去茶园。

她选择了往北。离开车道，踏上草木生长的小路，走到精疲力竭，抵达白雀寺。然而下山的时候，在玉带路上绕了一大圈，她仍然走到了茶园。低矮的茶树大片连绵，在清冷的山上寂然生长。

茶园附近，几栋房子在桃溪边上零零散散排布。她是在路上漫游的旅人，敲开了山里人家的门，讨一口水喝，和人们说话聊天。山上的人朴实简单，她轻易就感受到一种祥和友好的气氛。山谷里，抬头可见层峦叠嶂的山，云雾飘渺山间，自在逍遥，随风游走。低头可俯瞰洱海与城镇，云朵时常飘过，或明或暗，或轻盈或饱满。茶树在山中生长，悄无声息，经历雨淋日晒，长出娇嫩的茶叶。

四月，正是大理最美好的季节。呼啸的风季刚刚过去，连绵不断的雨季尚未到来。天地之间万物生长，色彩鲜明。站在桃溪谷，她深感震撼，好像来到了传说中的"世外桃源"。一切像极了《桃花源记》的记载："林尽水源，便得一山。山有小口，仿佛若有光。……"

她决定留下不走，在这里待一段时间。那时候她不会知道，自己接下来十几年甚至更长的人生，都将与这片茶园紧密相连。

最初是在茶园做工，打杂帮忙。山上气氛很好，人们友善、简单，像一家人一样相处。即便工资不高，却也其乐融融。她毫无障碍地融入进去，做简单的工作，过简单的生活，在2200米的山上待着，很少下去，远离熙攘人群，稍有些与世隔绝，却觉安心，好像那本来就是她应该在的地方。

直到七月雨季来临，她尚未完成的旅行像一个结，堵在心里。她感觉有什么东西在远方等待着，必须要走完这段旅程。于是她继续上路，走滇藏线进藏，抵达拉萨。

滇藏线的风景壮美，圣城拉萨更是雄浑大气，虔诚的人们在寺庙前磕着长头。而她的心里已经有了牵挂，在城市数年也没有的归宿感却在那座山谷里找到。在拉萨，站在离天很近的地方，藏香飘过，看着磕头转经的人们匍匐前行，她明明确确地知道，她将要回到大理，回到苍山，回到桃溪谷。一旦感到召唤、有了牵挂，人便有了归处。

重返大理后，她再没有真正离开过。之后的故事，并不是如我们所想的那般，云淡风轻，诗情画意。关于大理，有过太多传说，就像——来这里的人们都过着不费力的悠闲生活，不用操心挣钱与生存，又或者是以一种低物质成本的方式尽量轻简地活着。

确实有的。这样的人物与故事一直在大理古城以及苍山下的村子里流传。逍遥自在、不为五斗米辛劳的人生在大理是存在的，可大部分人都不是这样的。简辉的故事也不是。那是一个二十多岁的女孩子想要在山上工作生活，并为此付出了全部努力的故事。"做一件事情的时候，我或许比大多数人都努力。"她说，"命运可能是存在的，你的命运或许已经注定，但不代表你就可以不努力。"

她和三个年轻人一起在山上开过餐厅，经历了一群人从无到有做一件事的激情燃烧的岁月。直到那个命运般的契机到来：普洱茶行情不好，茶园效益不见起色，经营茶园的昆明人选择了撤离，本地村民宁愿下山去打工，也不愿在山上种茶做茶。六十多年历史的茶园，有了荒废下去的迹象。

上苍山以前，简辉从未接触过任何茶叶的种植制作，却在目睹茶园的荒芜时，和一位昆明姑娘一起把茶园接了过来。那何尝不是一种勇气与热情：城市姑娘，身无一物，面对满山茶树，该如何置身其中，承担起它们的命运？

她丝毫不懂，便向原来茶厂的本地老师傅学习如何制作绿茶、普洱茶。又远赴临沧——云南最好的红茶产地，学习红茶的工艺与方法。回来之后的每个白天和夜晚，但凡有空儿，茶园里的人们都会看到一个女孩子捧着书看，前人的经验固然重要，书上沉淀下来的知识亦能通过凝炼的总结帮助人提高技法。

那之后，她才一点点懂得关于茶的知识。茶分春茶、夏茶、秋茶三季，采摘也是在这三个时节进行。可大理的夏天雨水太多，茶叶的水分含量过高，不适宜采摘。所以最好的采摘季就是春和秋。到后来，她为了让茶树得到更好的休息和滋养，又放弃了秋茶，只做春茶。除非春茶产量太低，茶树尚有继续生长的余地，才会做秋茶。

每到春茶季，她和伙伴们都进入一年中最忙碌的时候。采茶要进行一个多月，每五天采一轮，之后新的茶叶又生长出来，他们得赶在茶叶最柔嫩最新鲜的时候采摘下来，并立即制成可以保存和销售的茶。

那不是一个轻松的过程，尤其是对一切陌生的她。手忙脚乱，人仰马翻，就是她和同伴最初的状态。采茶要在山间茶地进行，尽管她请了山下绿桃村的阿孃们，但为了了解整个过程，她在一开始也参与了采茶工作。风吹日晒，几天下来人就黑了一圈，脱了一层皮，即便做好了防护措施，也无法抵挡大自然的侵袭。至于腰酸背疼，双腿乏力，自然也是逃不过的，毕竟要在茶树间站立一天。

可是一切还没完。夜里是做茶时间，所有采摘下来的嫩叶得赶紧加工，否则便失了魂。尤其是做红茶，需要进行萎凋，得不时翻动茶叶，以保证水分得以充分蒸发，有时半夜还得起来翻茶。与此同时，夜里还得做绿茶，常常做到凌晨一两点，熬夜成了常态。第二天一大早，七八点钟，又得早起继续制作红茶。

做茶的那一两个月，她们便是这样日夜劳作。有时候回到住处，四周一片漆黑，她独自一人打着手电筒，踩着泥土小路，在溪水声中"啪嗒啪嗒"走回去。房子孤零零地立于山谷深处，窗户都是木头做的，谁都能打开，她也没有不安。无论是谁，都惊叹于她的勇敢胆大。可她却觉得山里是安全的，这里既无财产可盗，人也无歹心，有什么好怕的呢？

第一年做茶季过去后，她开始感觉到变化。山上的人们遇见她的时候，多了一些尊重与称赞。他们没有想到，城里来的大学生，看上去散散漫漫的，做起事情来却毫不含糊，吃苦耐劳不输山里人。她察觉到自己和这座山以及山里的人，有了更深的融入。

采茶做茶之后，她还面临新的挑战：如何把茶叶卖出去。以前，茶厂都是以低廉的价格批发给经销商，人们并不懂得、也缺乏能力和渠道去直接面对更广大的消费者。简辉却想要尝试自己做包装、创品牌、开淘宝店，让苍山茶和城市人群建立连接。

别的她不敢保证，毕竟是做茶之初，工艺尚未到最好，但她可以确保它是原生态的，那是她售卖茶的底气。2200米的苍山上，昼夜温差大，不使用农药化肥也能保证茶叶的生长。她也不能使用农药化肥，山上的泉水是山下人们的饮用水源，她必须保证水源的安全。

售卖是一个漫长的过程。直到多年以后，她也不敢说自己做得有多好。来自家人朋友同事们的帮助与认可，让她走过了最初的空白与艰难。好在茶园不算大，一年的产量最多也就两三百公斤，她和同伴尚能负担。只要不亏本，一切便可持续。她不着急，慢慢来，只要做的事情是喜欢的，生活也是想要的，便足矣。

那个重大的转折时刻发生在2012年。那一年，她三十岁出头，面临着许多重要的抉择。

茶园所属的一整片产业群面临经营权的变动，合作的女孩也被母亲叫回了昆明——"一直待在山上，不好嫁人"。那是来自母亲的担忧，那位女孩不得不下山离开。转瞬之间，简辉又变成孤身一人。她也在思考：是继续待在苍山上，还是回归城市，回北京，重新回归朝九晚五的上班族生活？那是否会带来更多可能，让她有更多恋爱与婚姻的机会？

山上是孤寂的。被森林草木包围，与茶园相守。她确实不喜欢与人频繁交往，这样孤寂、自然的生活，于她是一种自在。但她也希望有一个伴侣、一段亲密深入的关系。在山上，也确实希望微茫。像她这样能在山上待得住的，男人女人都少有。

下山与否,成为一个灵魂拷问。那段时间她辗转难眠,时常独自一人在溪边行走,往山的深处走。走累了,便在大石头上坐下来,听溪水流动的自由韵律,听鸟声的此起彼伏。她是热爱这一切的,身处其中,被自然包裹,就像回归母体一样自在安心。想到要离去,她就有种沉入谷底的低落。

可世俗生活不是她所排斥的,她时常觉得自己是一个俗人,不过是喜欢自然、喜欢生活在山上的俗人罢了。和城市女孩一样,她追剧,逛淘宝,买东西,喜欢美食。结婚,或许再生一个孩子,她不是没有尝试的意愿。那么……不如试试看,回归城市?不行就再回来,也没什么大不了的。

就像每一次做决定一样,主意一定,她立刻行动起来,回到北京,接过了前任领导递来的机会,去了一家知名地产公司面试。领导也是一位女性 —— 自信美丽、活力十足的成都女人,她满怀热情地告诉简辉:"欸,你不如来卖房,现在房地产形势好,我这边的销售,一年收入能过百万。你来,不会差的。"她去面试了,也通过了。

那段等待和寻找的时日,她再次体会了城市生活。早晚高峰时候,乌泱泱的人群和车辆,汽笛声、人声嘈杂暴烈,城市就像一个日夜轰鸣的大机器,一刻不停地转动。身处其中的人,就像被某种无形的力量推着,不停歇地奔走。

没多久,她就感到了不适和焦躁。有时夜里躺在床上,她觉得自己像正在失去水分的植物,脱离了土壤,根系也在断裂。她不喜欢城市生活,也对卖房子没兴趣。迷茫之时,打电话给信任的哥哥,哥哥说:如果不喜欢,就不要勉强,还是要按照你的心意去生活。

扪心自问之后,她再次确定:这种生活是不想要再过的。又一次,她不带犹豫地离开,以最快速度回到大理,从此不做他想,坚定地在山上生活。

她再一次租下茶园,还租下了一处视野开阔的房子用作茶室,接待上山喝茶的人们。她在旁边新盖了一间茶室,以扩大经营空间,给自己也盖了一间用来居住的房子。此前几年,她几乎住遍了山上的许多房间。哪里有空处,她就搬去哪里。如今彻底安定下来,她想给自己一个稳定的安身之所。那几个月,她就像一个包工头泡在工地,和工人一起推动建筑作业的进展。盖房子的地方,汽车不能抵达,许多石头都是马驮上来的。

当一切成形,茶室与住所矗立于茶园边上,于开阔处俯瞰整个大理。穹顶青空，碧蓝悠长的洱海，海边的田野、村落、古镇，一览无余。她在桃花源里，给自己造了一个微小却饱满优美的小世界。

茶室名字的由来，也是一个有趣的故事。

那时，湖南女孩晏子在山上一处酒店工作。简辉偶尔和她一起聊天玩耍，知道她看书写作，便让她帮忙取名。每隔一两天，简辉便问她：想到了没？快帮我想想。被问多了，晏子情急之下冲口而出：你莫催嘛，我在想。简辉眼前一亮，"莫催"，就是这个名字！喝茶就是一件不急不慌的事，莫要催，催不得。也像她的生活态度：莫急莫催，慢慢来。

莫催茶室悄无声息地开张了。她没做宣传，却慢慢吸引了人群的到来。山下客栈的朋友会主动介绍客人来。来过的人，会不自觉地发朋友圈。少有人不喜欢这个位于高山上、风景优美的茶室。简辉的经营之道也如她的性格——自由洒脱。人来了，给一壶茶，让客人自斟自饮，自己躲一边去。她知道，许多茶室都不是这样做的，与客人的交流越多、连接越深，越有利于茶叶的销售，那应是茶室的主要收入来源。但她做不到。她喜欢自己待着，不喜欢与人说太多话。她只能按照自己的性子，随性而为。

可这不妨碍人们对这所高山茶室的喜欢。那几年，莫催茶室成了苍山上一处与众不同的地标，无论是来大理旅行的游客，还是住在大理的人，都会慕名前来喝茶、拜访。

她的山上生活循四季而动，春天采茶、做茶，其余季节里专心经营茶室和茶叶的销售。有时会外出学习和旅行，与茶相关的茶道、花道、香道，都会花时间去上课。摄影、烘焙也会涉猎。以茶为中心，她在学习中丰盈自己。

经历了风霜雨雪，人也像树一样，会长出一些东西来，以应对世界的变化与冲击。哪怕是毁灭性打击，也没那么容易伤及这个人的根本。山上十年，与自然为伴，经历茶园的起伏变化，茶室的从无到有、从无人知晓到客人成群，简辉身上有了一种面对世界的确信和底气。

或许是山上的生活简单，没有纷繁复杂的人际关系，她亦没有家庭生活的负担，她的面容与气质仍保留着小姑娘一般的单纯，未有同龄人的沧桑与城府。可是，当风雨变故来临的时候，她却以某种深厚的心境，将之承担了下来。

2017年，大理开启了洱海保护治理计划，苍山上2200米被确立为红线，在这个高度之上不能再有经营性场所。位于桃溪谷的酒店、餐厅、茶室，都面临被拆除的命运。两年后，她亲手建起来的莫催茶室被拆。最后一刻来临,她在一旁目睹着房子化为平地,一切归于尘土,内心已无法言说是何种滋味。

要到很久以后,她才能清清楚楚地表达出来,那是一场情感上的沉重打击。损失掉的钱是一方面,最难过的还是自己一砖一瓦建造的房子、用心经营的茶室、数年的回忆,一瞬间全部消失了。她搬到了山下,有时候午夜梦回,从床上坐起,竟不知身处何处。屋外,不再有小松鼠、野鸡等小动物在木板上走动。时而出现的不知名声响,让她惊醒,也有了前所未有的害怕,却不知道在害怕什么。她向来是胆子很大的,一个人住在山上远离人群的小屋、在黑夜的山路上行走,也没怕过,却在住到山下安保措施严格、人烟密集的小区后,感到害怕。

她再一次悬在半空。茶室没了,她要何去何从?此时的"莫催"与她,在一定范围内有了名气与认可度,前来邀请她合作的公司、个人时不时出现,她一个都没有接。多年来,她早就习惯了单打独斗、随性而为,以简单的方式操持着茶室与生活。她不知道如何与别人合作,也不知是否能保持简单和从容。

不过这一次,她很笃定。她知道,茶已是生命和生活的一部分,今后的人生依然会与茶相关。桃溪的茶园她没有放弃，依然要在春季上山采茶、做茶。她开始在大理寻觅新的茶空间。

那时，她走过了苍山十九峰内的许多个山头，才知道原来苍山上的茶园那么多，知名的、不知名的、几乎不为人知的，可她却没有找到一个理想之处。有些地方尚未通公路，开车无法抵达；有些地方还没通电，保持着相对原始的状态。直到半年后，她看到那个位于喜洲边上的咖啡馆小院子正在转让，心里才有怦然一声的响动。

那个洁白小巧的院子在田野中间，四周全是田地，再无其他建筑物。夏天，附近是大片盛开的格桑花。秋天，稻田成熟，一望无际的金黄色铺满了苍山下的田野。站在小院屋顶，开阔的视野中有连绵的群山。

从商业上讲，那不算特别理想的经营场所。它距离最近的喜洲古镇有两公里，离人流密集的大理古城有近三十公里。人们要有坚定的寻访之心，才会专程前来。但她总是中意这样的地方，远离热闹，亲近自然，安静自若。来的人不多也没关系，只要能维持成本，足以持续经营下去便好。

她租下了那个院子，提供咖啡，也重新装修布置出了喝茶的空间。经营了数年的莫催茶室，她不希望它消亡，无论以何种形式,她都想将它保存下来,以实体的形式在世间延续。它存在,她的某种心神和重心便存在。

可她的本心依然是喜欢山的。十多年的山居生活,她早已习惯了身处山中,被林木包裹,抬眼便是满目青绿,闻得到草木清香。山给她归宿感。所以当茶室在喜洲边缘稳定下来,请人操持后,她又回到山上,回到山谷,回到那间小小的两层木制阁楼。那是她唯一保存下来的制茶空间,也让她得以继续在山谷里度过大部分时间。

她在溪水边的高地上摆放了一张木桌和木椅。出太阳的时候,便坐在溪边喝茶看书。有朋友来,也坐在阳光照耀的树下,伴着溪水哗哗流过,看光影细细碎碎地打在地上、人的身上,絮絮叨叨地说话。

2021年的初秋,我再次上山去,和她坐在溪边喝茶说话。大理的秋天是美妙的,有着高原之秋的疏朗与悠远。她对那些细微的美妙感触颇深。

"大理的秋天,空气是凉凉的,但阳光也很好,真的有秋高气爽的感觉。也正是穿毛衣的季节,暖暖的。有时夏天穿短袖、裙子,就会怀念穿毛茸茸衣服的感觉,带有一点期待,啊呀,秋天就可以穿那些了。

"有夕阳的时候,溪边,还有小木屋后面的草地那里,超级舒服。那天我自己在木屋后面坐了一会儿,斑斑点点的阳光透过树叶照下来,在微风中晃动,气温凉爽,小风吹在脸上,柔柔的,就觉得好好呀。

"还是会有孤寂感。比如一个人散步的时候,孤独感就很明显,总归是比较闲的时候。有事做就不会有孤寂感。其实要做的事情也可以有很多,比如给地里拔拔草呀,一天很快就会过去。"

那样诗意宁静的下午,坐在山谷溪边喝茶,有一搭没一搭随意地说着话,甚是美好。可是转瞬之间,我们便和一位老人一起,踏着草木丛生的小路,往溪水的深处走去。茶屋的水取自那里,但一场暴雨后水管被冲坏,小屋已经两天没水了。她和请来帮忙的老人前去检修。

在溪水深处一段段检修、接好水管,已是太阳即将落山的时候了。回到小木屋,她又爬上了屋顶,修补漏水的地方。"你看,山居生活也并不只有那些看上去很美的事情的,修水管、补屋顶,琐碎麻烦的事情多得很,这些还都只是微不足道的小事。"她说。

直至今日,她的生活也并非想象中的一片岁月静好。疫情对茶室经营和茶叶销售带来影响，互联网形势下，短视频、直播对传统经营方式的全面侵占……许多人建议她也做直播，直播山上的生活，她总是很无奈地笑笑："都已经躲到山上来了，怎么还会做直播呢？我并不喜欢向那么多人展示自己每天的生活啊。"

孤独和清静，是她生活中永恒的主题和矛盾。她喜欢清静，便不得不承担孤独的代价。有时候，在书里、新闻里看到日本孤独死的老人，死后很久也无人发现，她会不由得想到自己。如果一直孤独下去，未来也会这样吗？她不是没有忧虑。

可是，无论有多少未知潜藏在生活的细缝之中，当下的每一刻每一秒仍然值得被用心对待。那是山上生活，是时刻变化不停的云、被风吹动的树教给她的事。

屋顶上，她的身影修长，一头长发披肩，白色的长裙随风飘动。背后是高大起伏的苍山，夕阳留下的最后一抹淡蓝色光芒斜照天空，给她打上了一层柔光。那场景很美，俨然一幅生机盎然的画。画中的姑娘在一片山景中自然协调，就像她背后的山、脚下的房子、房子边上的树一样，毫无造作的柔弱，却有一种镇定和坚韧。那是十四年山居生活在她身上刻下的印迹，也是苍山和溪谷所赠予她的礼物。

四

猫猫果儿的故事

乌云大朵大朵地从苍山飘过来，太阳时而被遮住。当云朵间出现缝隙，太阳露出脸来，炽热的阳光从空中洒落下来，四周一片明晃晃的。坐在咖啡馆门口的蒲团上，十六岁的王一抬头看了看天，眯缝起眼睛，说："太阳出来了。"阳光打在他的脸上，他神色平和舒坦，浑身是健康的小麦棕色，一眼看上去就是在大理长大的小孩。

王一是当年从北京来大理的孩子里年龄最小的那一批。2013年，八岁时，他被父母接到了大理，开始在大理的新式学校猫猫果儿上小学三年级。八年后，他成了一个少年，没有像他的父母一样念高中、考大学，而是去了一所职业中学——云南建设学校。

此时的他，身上有股超出年龄的淡然和成熟，就好像激烈的东西已经被抚平，他坦然接受这个世界。他把这称为"早熟"，他说："猫猫果儿出来的小孩，至少我们那一届，都挺早熟的。"早熟让他在中考之后自己做了决定——去职业中学读室内设计，为今后像父母一样成为建筑设计师做准备。他选了那所学校"3+2"的模式，三年中专，两年大专，之后专升本，或许再读一个建筑学的研究生。他给自己设计的路径，明明白白。你很难想象这是一个十六岁的少年，理性、清晰，甚至有一种"通透"的思想状态。

他是许多人尝试理解、研究猫猫果儿的一个入口。这所2012年在大理开办的幼儿园、小学，是一群新大理人的创新教育实验。迄今九年，接纳了数百个家庭和小孩，他们有着相似的背景：受过高等教育的大城市工作者，选择离开北上广，来到边缘之地的大理寻找另一种生活，让孩子接受更自由、更贴近自然的教育。

多年以后，孩子们慢慢长大。他们怎么样了？边境高原小城的教育实验，如何影响着这些孩子的人生？

1

王一的父亲王伟离开北京的时候，已是重度抑郁症。失眠，整宿整宿睡不着觉，严重的时候甚至想到死。那是在2008年，在北京做建筑设计的他，面临着业务的大幅缩减。多年来内心无法抚平的黑洞就像一头怪兽,在危机出现时冒了出来。社交无法开展,做的项目从最初具有忧郁气质,到慢慢无法进行下去。世界一片灰色。

和妻子一夜长谈后,他们决定暂停工作,外出旅行,就当是补过蜜月。那是五月,他们将目的地选在了阳光灿烂的云南。第一站,大理。

五月,阳光正好,天地一片澄澈。树枝冒出新叶,田野青绿,繁花盛开,色彩鲜明。苍山顶上时常飘浮着柔白的云层,洱海之蓝晶莹剔透,是童话般的优美世界。王伟在大理的第一个夜晚,从晚上九点半一直睡到第二天早上九点,整整十一个半小时。醒来时,他感觉到前所未有的神清气爽。早饭后,他和妻子达成了共识:留在大理,不走了。

那一年,王一三岁,正是准备上幼儿园的年纪,王伟和妻子反复考虑之后,还是决定让王一留在北京上学,由奶奶和姥姥照看。那时,大理的猫猫果儿幼儿园还没影子,主要创始人陈钢和妻子三三刚从香格里拉维西县来到大理,经营客栈。此前,他们在维西做了数年希望小学,把"四十朵花花小学"从无到有建立起来,招募了数位志愿者,以支教的形式开展教学工作。

他们搬到大理后,希望小学仍在运行,所有的志愿者都先到大理中转、培训,再前往维西。陈钢和三三开始了在大理的生活,却没想到依然离不开教育的世界——新"移民"到大理的一群家长,孩子慢慢到了上幼儿园的年纪,他们哪儿都不愿去,便"忽悠"陈钢和三三做一所幼儿园。

陈钢一开始没有答应,他找不到做幼儿园的理由。"幼儿园是全世界最阴险的行业,你参与小孩子最底层的代码编写,长大后哪个小孩子记得住你?好恶作剧嘛。"他说起来,仍会摇头苦笑。

后来,他足足花了三年时间和朋友们做了一项漫长的研究:死亡问题。他们找了四百多个死亡案例,条件有二:寿终正寝;留下了遗言。再加上后来他自己的研究,一共八百多个死亡案例、临终遗言,只为了搞明白:做教育,对一个人一生的影响到底是什么样的?怎样来表达它的价值?

2

八百多个临终遗言,他们分出了五类。第一类:隔壁老王欠我两万元,一定要要回来。"听起来很好笑是不是?但如果是某大佬欠我两个亿,它是不是很真实?后者是大佬,前者是贩夫走卒。但面临死亡的时候,这不是同一个问题吗?"陈钢说。

第二类:"爸爸要走了,放心不下你们娘俩,儿子,要听妈妈的话。"

第三类:"要不是这小子背后捅刀,哥们儿都已经当上部长了。我走了,你们要把他干掉。"

第四类:"李叔同——悲欣交集。他说不出话,就写了这四个字。"

第五类:"像我在西藏做研究遇到的各种高僧,临终前做好交待:帮我准备好一二三四五,要走啦,拜拜。"

陈钢各用一句话,总结了五类临终遗言。它们意味着什么?

"五种临终态度,从教育的角度意味着自由评价,人一生对自己的自由评价,或者叫作一个人的小宇宙可以有多大。我们此生不就是探索我们小宇宙的边缘吗?"

"第一类,在权衡利弊中过完了一生,没有权衡利弊,他的人生就没有意义。第二类,锁定在亲密关系。第三类,锁定在社会关系和社会价值。第四类,锁定在此生和来世中间。第五类,可以自由穿梭,拿得起、放得下、接得了。谁不想要最后那种死法?教育就是要看你最后如何死。最后那种死法,你的此生何其辽阔,不生不灭,但充满好奇,'永远年轻,永远热泪盈眶'。"

这项研究给了陈钢开办幼儿园的意义支撑。如果不研究死,做幼儿园便和第一种人没有区别,不过是追求利益、权衡利弊,"最多走到第三种人"。当研究结果出来,目标开始清晰——走向第五种人,让生命更辽阔、更自由。

新的认知也建立了起来。"我编写代码,老师们编写应用程序,家长是数据库。"陈钢说,重要的是:改造大人,让小孩子在更好的大人环境下自然成长。"小孩子是个自然后果,你去折腾他干吗呢?折腾我们自己就行了。"他说。那是猫猫果儿社区的来源:成为家校共同体,影响大人,给孩子以空间。

2012年,经过三年思考、一年实地筹划后,包括陈钢在内,合伙做客栈的朋友们筹办了猫猫果儿幼儿园。只有四个孩子,但也有正式的教室和老师,顺利地运作起来。老师大部分是陈钢从花花小学的教师中招募过来的,他们也成为猫猫果儿此后多年稳定的核心团队。

3

那一年,王一还在北京,在公立小学里和老师拧着干。

数学课,老师举例:水池里一端放水,另一端出水,需要多少分钟能把一池子的水放满?

王一站起来抗议:"老师,这不对,我爸妈在云南,那里正大旱呢,这样是浪费水。"

老师告诉他,只是举例做数学题计算,不是真的放水。他头一扭:"举例也不行。"

这样的例子不胜枚举,王伟不是没有担心,那时通过身边朋友,他了解到猫猫果儿的创立,原本打算等到王一上四年级时再把他接过来。但更紧急的情况出现了:彼时严重的雾霾之下,王一的身体不太能适应,经常咳嗽,还患上了由PM0.5引发的静脉血栓。

王伟和妻子意识到不能再拖了,当即决定让王一过来。2013年9月,王一来了大理,进了猫猫果儿。那时,猫猫果儿幼儿园的孩子已从最初的四个增长到十二个。小学也有了,家长们有需求,把孩子送了过来,组成了第一届混龄班三年级,包括王一在内,一共六个孩子。

初到大理的王一是不适应的。在猫猫果儿倒还好,他唯一需要适应的只有两点:对物品所有权的尊重,"用别人的东西需要征得别人同意";以及礼貌。他更难面对的是父亲。长年与父亲两地分居,他对父亲的感觉是生疏的。随着相处的时日渐长,父亲的暴脾气更让他感到恐惧,"异常地恐惧""他会打人,我挨得少,但也挨过",王一说。唯一庆幸的是,父亲每次会告诉他发火的理由,不是无缘无故地使用暴力,没有让他留下阴影。

王伟也想过控制自己的脾气,但来自他父亲的教育方式,以更深刻的方式烙印在了他身上。从小,他是在父亲的棍棒教育下走出来的,"基本上考试出了前十名就挨揍"。暴力之下,他很小就开始打架,念中学时一个中午能打十几架,有时把对方门牙都掰掉了,一年要赔很多钱。也不知道为什么打。"或许就是(在家里挨了打之后的)一种渲泄吧。"王伟说。

多年后,王一出生,王伟对妻子说了一句话:儿子要受的教育,就是我所受教育的反面。但他没有逃过强大的本能,看到儿子犯错时,他会忍不住发火,偶尔也会使用暴力。

一切印证了陈钢在创校初期的预想:做教育,哪里只是教育孩子,很大一部分是教育家长。从那时开始,陈钢建立了"个案咨询"的传统。但凡有问题的家长，都可以安排个案咨询。

陈钢和王伟之间有过多次谈心，最后千言万语化为一个建议："在你爆掉之前，给孩子三次提醒。第一次：我有点生气了哦。第二次：我已经很生气了。第三次：我马上就要揍你了哦！之后你再揍他吧。"

王伟听进去了。此后，当王一调皮捣蛋不听劝、打游戏超过时间限制的时候，他在发火前总会想起陈钢说的话，便将怒火压下来，试着提出警告。效果是明显的，王一在预警之下学会了收敛。大多数时候，王伟只需要说一次，根本不会到第三次。

半年后，王伟和妻子找到陈钢，笑说"一次都没捞到揍娃的机会"，王一和老爸开始变得很亲，"关系都快超过他和他妈了"。那段时间，王一也明显感知到了父亲的变化，"他和陈钢聊了什么我不知道，我知道的是，我爹再发火会给我警告，这让我逃过了很多危机。改变一个人的脾气性格还是很难的，但他真的改得太多了，随着时间变化变得更好了"。

4

当父子关系变得融洽、逐渐成为哥们儿时,王一在猫猫果儿学校也度过了愉快的三年。多年以后,当他已成为一名职校生,我和他聊起如果没有来大理、没上猫猫果儿,走公立学校体系人生又会是什么模样时,他微微一笑,眼睛眯成一道弯月,说:"反正上猫猫果儿,我挺开心的。"

他对猫猫果儿的回忆是金色的。每周有一天是户外课,去苍山洱海爬山溯溪,还会做各种研究课题的信息搜集。他是从那时起开始晒黑的,身体也慢慢好了起来,原本医生说要做手术的静脉血栓悄然消失。

学校的主要课程是综合、数学、英语。所谓综合课,便是一学期围绕一个主题项目开展学习讨论和动手实践活动,诸如垃圾分类、为流浪动物找家等。到了学期末,没有卷面考试和排名,而是穿越城市和乡村,在真实世界里完成一个个任务。

综合课上,他做过台灯,做过电动遥控小船,跟着老师研究过火药——把火药放在一个小铁杯里,点火后喷得老高,杯子都烧穿了,流出了绿色的液体。他至今记得当时的兴奋和奇妙感，就像是在无所束缚和毫无畏惧地探索这个世界。

每天，他们还有一个小时的自主时间，想干什么干什么。王一尝试过许多事情，用 iPad 合成过音乐，学会了剪视频，还喜欢上了刻东西。刻东西有一种魔力，让他从活蹦乱跳的状态中安静下来，他常常可以坐半天，只为了刻一个章、一个图像。

这些兴趣爱好蔓延至他此后的人生。上初中后，他用橡皮章帮地理老师刻过"阅"字，用来在检查完作业后盖个已"阅"的章。还把章卖给同学，一个五元十元的，成为他零花钱的部分来源。进入职中后，他开始做木刻，从父亲手里接过活，给民宿空间刻门牌啦，给咖啡馆刻小招牌啦。收费时参考购物平台的报价打个折，"毕竟手艺还没有那么成熟"，但也能挣个两三百块，够他去吃顿好吃的了。

他的老师林冬在多年后回看，清晰地感知到王一在猫猫果儿三年的变化。"他跟他爸关系的变化，是他来大理后生活场景中比较重要的点。"林冬说，"还有社交的建立、兴趣的支持，这三个东西持续给他正向的反馈，是让他得到成长的最坚定的东西。"

林冬，哈尔滨工业大学毕业的纯理工科学生，在大学里学通信工程,却始终怀有教育理想。在通信公司工作一年后,为了成为老师,选择支教的方式"曲线救国"。在花花小学支教两年后,被陈钢一个电话招来了猫猫果儿。如今,他是猫猫果儿的核心骨干之一。

5

那时的王一不会知道,为了支持他们成长,陈钢和猫猫果儿的老师们进行了反复的研究和探讨。他在学校里所获得的空间和信任,是一群人在背后不断寻找价值支撑的结果。

小学成立后不久,陈钢就带着教师团队连续开了五天会,研究猫猫果儿小学的价值基础。

"教育关系 —— 老师和学生是怎么回事,这是我们建立小学后的第一个问题。"陈钢说。做幼儿园的经验,让他们思考教育的最底层是什么,一所小学能够生发的最基本东西是什么?五天后,他们找到了一句话 —— 老师和学生的关系是信托关系。

"学生既是教育者,也是受教育者,他因为自身能力、经验和认知的不足,又有强烈的成长需求,所以把教育权信托给一些人，这些人叫作老师。通过这种方式，让老师和学生平权。老师要认识到，教育权利是学生信托给我们的，你要拿到这个权利就要建立起动态的成长性关系。这样的关系不是以自我为中心，'我认为你怎么样，你就应该怎么样'，而是——我要看见你，不是看见你最烂的部分，而是看见你都没有意识到的你最牛的地方，这样才会爱（学生）嘛。"陈钢说，"但学生的信托是不稳定的，今天觉得不错，下一秒就可以收回，所以教育本身就是基于信任。"

在王一身上，林冬便看到了宝贵的品质。他的自律——每天早上六点半起床，吃完早饭后，爸妈还在睡觉，他就出门坐公交车，从下关镇去往十五公里外猫猫果儿所在的大理古城，中途还要转一趟公交。最初，王伟还开车在后面跟了两天，随后便任他去了，他就这样独立走过了两年的上学放学路，从未迟到。

他的计划性——自由课堂上，这两周剪一个视频，下两周做一个飞机模型，再下一周做音乐，他都按照自己的计划完成，并将兴趣持续至今。

还有他隐藏的行动领袖角色——"在日常生活中、课堂上，他不是那个明显的意见领袖，身体上和智力上都有比他更优秀的同学。但当真正的问题出现的时候，他是行动的领袖，带着大家把事情做好做完。没有他，事情成不了"。

林冬对一次英语课引发的老师罢工事件印象深刻。不知道是第几次了，这帮小孩气得英语老师没法上课。让他们把作业本拿出来，回"没带"；告诉他们学好英语很重要，问"为什么"，每次都能把老师噎得说不出话来。

作为主班老师的林冬，索性让所有老师都不上课了，看他们能撑多久。他和老师们坐在草地上，喝茶聊天晒太阳。"他们班是猫猫果儿第一届小学生，很难搞，容易和老师产生对抗。"林冬说，"其他课满足了他们的需求，综合课是在日常中展开，数学课在解题过程中就会有成就感，英语课对抗得最厉害，他们总会问：为什么我们要上英语课？纵观他们班历史，产生最大冲突的都是英语课。"

这一次，林冬打算彻底解决这个问题。第一天，小孩们玩得可开心了，可以做自己的事情。第二天，开始感到无聊和隐隐的焦虑。这时，王一带着同学们过来了，他在草坪上坐下，几位同学站在他身后，开始和老师谈判。

"我们觉得很无聊，希望老师们能回来上课。"王一说。

"你们对老师这么没礼貌，老师没办法上课。"林冬说，

"问题不解决,老师不进教室。"

"那老师希望我们怎么样呢?"王一说。

林冬和老师们说出了他们的想法:可以表达需求、感受和反对,但要有礼貌,不能随随便便摔课本出门,做到师生之间平和平等的沟通交流。

王一和同学们商量后,同意了,为此前不礼貌行为向老师道了歉。随后他又说:"我们对老师也有一些要求,希望英语课能更有趣一些,比如可以通过多看看英文电影来改进教学。"

英语老师表示同意。共识达成,一场课堂危机解除。

"王一来对话时很理性,擅长跟所有人交流,也有意愿解决这个问题。他不行动,大家都不会行动。"林冬说。类似的案例还有很多,在操场安装篮球架,也是他带着同学们去跟校董会谈判,执笔写申请和预算报告,最后还去大理古城募集了百分之二十的经费。直到现在,篮球架还在猫猫果儿的操场上。

6

孩子跟大自然里的动植物一样,只要给足雨露阳光,他们就会蓬勃生长。在猫猫果儿三年后，王一开始给大人们惊喜。

最初是五年级期末那场考试。他们需要从大理去往昆明，完成一系列任务，每位同学都有一位非家长、非老师的大人作为观察员全程陪同。出发的时候，王一就做好规划：坐火车前往，一张票六十四元，路上要八个小时，到达昆明的时间刚好是规定的时间。观察员也跟着他买了火车票。

在昆明，别的同学去吃麦当劳，他为了省钱，只吃两块钱的土豆饼。那三天，完成"去讲武堂数纪念碑上有多少个名字""拥抱十个陌生人""跟五个陌生人交流"等所有任务后，王一的兜里还剩下两百多块，但其他同学已所剩无几。他看"他们已经要不行了"，小手一挥，请同学吃了炒面。

但没想到，他在最后关头遭遇了危机。青年旅舍前台硬说房间里的风扇是他弄坏的，要求赔偿，警察来了都没用。王一不得不赔偿后，身上的钱只剩下四十元，不够买一张回大理的车票。紧迫之下，王一竟很快镇定下来，开始想办法。

他先是用 iPad 制作了几首手机铃声，去马路上找到过路的行人，说明原委后询问他们是否愿意购买。一块钱一首，他还真卖出了十来首。尽管现场确实有人说"好听"，但多年后他还是觉得，那是人们的救济。"那么小一个小孩，作品也就那样,其实是人家对我的给予。"他说。

随后他又去青旅的台球厅寻找办法。在台球厅,他帮一位小伙子拍照后,上前说明原委,问他是否愿意购买照片。没想到小伙子听完后很感动,直接补齐了他差的钱,还请他吃了盘炒面。他们至今留着对方的微信。

最后,王一赶到火车站,硬座票已经卖光了,他买了张站票回去,夜里躺在硬座座位底下睡了一宿。观察员也只能跟着受累,站累了就坐在地上,就这样熬了一夜。

那场考试,王一的计划性,临危不乱、遇事解决问题的胆量和能力,让老师和家长都颇感惊喜。没有人想到,这么小一个孩子,竟有那般成熟的应对困境的心境和勇气。

那之后没多久,王一再次展现出超出年龄的理性和成熟。六年级下学期,为了和初中衔接,王一去了昆明一所国际学校学习。三个月后,他回家和妈妈彻夜长谈了两宿,决定回大理念传统初中。"它挂着国际学校的名义,行着传统学校之实。"那是他对那所国际学校的定义,因此坚定转学。"在传统学校,只要我老老实实做人,老师至少不会找我麻烦。"他说。那之后,他进了大理的下关一中,在那里度过了三年。

7

王一的故事讲到这里，已然具有了一个童话故事的模样。创伤得到疗愈，关系得到改善，人物得到成长。转眼间，王一已是一名初中生，用陈钢的话说："猫猫果儿小学的孩子已经养得够够的了，是该走出舒适区，挑战世界了。"

当王一离开猫猫果儿，进入大理的传统初中之后，故事有了新的寓意。

一开始，他感到吃力。"从猫猫果儿出来上传统初中，文化课确实跟不上。"王一说。那也是猫猫果儿的学生回到传统学校之初，普遍面临的问题——文化课差了一截。

对此，王一的态度是：寻找解决办法。他在学校附近就近找了一个补习班，去试听了两节课，觉得还行。一问价格，一百元一节课。"太贵啦，能不能优惠点？"他开始讲价。培训班的老师对这个独自前来的男孩已经感到惊奇了，此刻更吃惊地看着他提要求：想要一个四十五岁以上的语文老师，三十岁以上语文非常好的英语老师，一个最好是还在校任职的数学老师。试听完后，还会来谈价格。培训班老师给他打了折：买一百节课，六十九元一节。王一立刻打了电话给妈妈，请她转钱。

王伟对此感到欣慰。"我最感谢猫猫果儿的一点是：孩子从来没有厌过学。"他说，"当他知道哪里不足，或对什么东西感兴趣，还会主动去学。"

对陈钢和整个猫猫果儿学校来说，那正是他们希望在孩子们身上看到的：拥有对世界和未知领域探索的好奇心，拥有主动学习的内驱力。在整个幼儿园和小学阶段，那是他们最想要保护和培养的孩子身上最珍贵的东西。

"工业时代过来的人，学习就是为了有朝一日不学习，工作是为了有朝一日不工作。这就是那个时代的野蛮性，因为学习和工作不能够给我们带来整体的快乐。未来这样走不下去，终身学习不仅是一句口号。"陈钢说，"未来是拓朴结构，这儿打进去，那儿跳出来。为什么从那儿跳出来？你不知道。但这才是生命。所以重要的是，让孩子视学习本身为快乐。"

数年之后，他们的努力在一定程度上得到了验证：从猫猫果儿小学毕业的四五届学生，进入初中之后，经历了最初的不适和差距，慢慢都跟了上来。而最宝贵的是——"普遍有主动学习的动力"，那是昆明另一所国际学校校长的观察发现，其他孩子是老师给什么，他们就学什么，但猫猫果儿来的几个学生都有探索的特质。

"他的学习动力和后劲很大,不单接受老师给的知识,还会从深度和广度做拓展,自己去寻找相关信息,只要是自己感兴趣的东西就会去研究、自学。"猫猫果儿的另一位家长蔷薇谈到她儿子时说,那是她从学校老师和校长那里得到的反馈。彼时,孩子正在昆明的国际学校念初二。

林冬了解到,他的毕业生有好几个都在国际学校念书,有的学业能力很强,还喜欢cosplay,会在社交媒体上发布自己的cosplay作品,还得到好莱坞导演蒂姆·伯顿御用化妆师的指点。在林冬得到的反馈中,目前还没有特别差、对某个地方完全不适应的学生。

而回到传统学校的王一,在校外补了半年课后,终于跟上了学校的进度。到后来,他开始感到得心应手,物理、化学学起来很方便简单,因为在小学时就动手制作台灯、电动船、"土火箭",他早就懂什么是电、电路、化学反应。如今物理和化学对他来说不是书面上遥远而抽象的课本知识,而是关于最真实世界的认知,他很容易理解和把握。

让林冬赞叹的不止这些,还有孩子们对新环境的改变。当王一进入下关一中后,他开始用在猫猫果儿习得的规则去改变身边的同学,创造一个小世界。

班里同学不会做PPT,他便帮他们做,一次收费五元十元不等,并且分配好时间,要求同学们按照约定好的时间传资料给他。有一次,一个同学晚了一个小时把素材给到他,他便把钱退了回去,说:"你不守规矩,我不给你做了。"以此方式,他把猫猫果儿的许多规则都带到了班上,回家后高兴地跟他爸说:"我现在活得有点像在猫猫果儿一样,太轻松了,因为大家都会遵守规则嘛。"

"你能看到他身上猫猫果儿的价值观,不是寻求一个安乐窝,而是去创造一个世界。他跟我们想象中猫猫果儿毕业生的模样是很像的 —— 创造未来,做未来的定义者。"林冬说。

8

最为重大的,是王一在中考之后的选择。

多年来,绝大部分对猫猫果儿这样带有实验性质的新教育学校的质疑,都来自于中国人的终极拷问:这些孩子将来要高考吗?考不上大学怎么办?

王一的故事,或许不能直接回答这个问题,却未尝不是一个更让人看到未来、看到多样性的样本。他在中考之后,便成了不上高中的百分之五十的学生之一。

中国正在持续推进教育改革,中学生或将越来越多地在中考之后分流:能上普通高中的只有百分之五十,另百分之五十的学生将去往职业中学,或进入社会。这加大了许多家庭的忧虑,也让城市中产家长更加重视孩子的小学初中生涯,他们无法想象自己的孩子成为一名职校生。在许多中产家长看来,那就像提前预演了"阶层的跌落"。

身为典型的城市中产家庭的孩子,王一却主动走上了职校生的道路。实际上,他的中考分数还不错,处于中上水平,除了不能上大理最好的一所公立高中,其余所有的公立学校都可以去。但他没有大理户口,去不了公立高中,只能去私立中学。

为此,王伟和妻子还专程去了两所很好的私立中学参观考察。那里学习氛围浓厚,却无法不带给他们压抑的感受。学生们吃饭、上厕所都跑着去,排队打饭时手里拿着卡片背英语。每两个月一次测验,实行末位淘汰……目睹这一切,王伟的心情难以描述,距离自己的高中时期也快三十年过去了,孩子们依然过着这样高压的中学生活。即便学校承诺保证上一本又怎么样呢?那是一个人最美好的青春时光啊,一定要消磨在这样痛苦高压的状态之下吗?这样即便考上了重点大学,心灵的损伤甚至扭曲也在所难免。多少大学生,进入大学之后都处于空虚迷茫的状态。作为过来人,王伟和妻子很清楚这一点。

离开的时候,他们相视无言,算了吧。回去和王一一描述,王一也同意他俩的看法,断了去私立高中这条路。几天后,他竟自己查找资料后跟王伟说:"我想去云南建设学校,念室内设计,以后跟你们一样,做建筑设计。"

王伟和妻子是矛盾的。他们的确曾跟儿子提过:"要不你长大了干我们这行?"但当儿子真的想要干这行时,他们又心有不忍,"太累了"!与甲方的反复沟通,设计方案的不断修改,带领工人干活的操心,有时项目款收不回来还得扯皮,形形色色的人和事都会遇上,夜里两三点睡觉是常态,真的累。可是王一却很坚定,跟他们说:"爸,妈,我觉得自己有天分,能干好,我也确实喜欢,你们相信我,就像我相信你们一样。"

那是王伟和妻子最纠结的一回,高中、中专,还是出国,摆在面前有多条道路。王伟终究选择了放手,相信儿子,由他自己做出了决定。作为父母,他们能做的只是支持。说到底,那是儿子的人生,不是他们的人生,他有权为自己做决定。

彻底放下的那个夜晚,王伟很晚才睡,他无法不感怀。自己一生走过的道路,到如今看着儿子走过的路、将要走的路,让他百感交集。他的父亲是一个优秀的人,从小他就在父亲的高压下成长,一生都在父亲的期待中挣扎。父亲临终前,他照料父亲离开,父子俩终于有了发自内心的交谈与和解。"无论我有多大成就,都不会被认可。我这一辈子的痛苦来自于你,这就是我抑郁的根源。"王伟终于在父亲面前说出了这些话,"老爸,人还是要认命,我认命,你也认,我们下一世再见吧。"

自己一生的痛苦,让王伟对待儿子有不一样的态度。他不跟王一谈成功的概念,出差回来问王一的第一句话,永远都是——"最近高兴吗?"

所以当王一在初二时说出那番话的时候,他感动坏了。那天,一位朋友来家里玩,聊天时问起王一:"王一,你长大后想干什么呢?"

"干啥都行,如果能当个老师,那就完美了。晚上回来自个儿乐,想打游戏就打游戏。"王一说。

"为什么想当老师呀?你想教书育人?"朋友又问。

"没那么高尚,就是想过普通人的日子。"他说。

王伟和妻子听到这些话,悄悄地在一旁出了一口长气,有种"这么多年努力没有白费"的感觉。在承受了父辈的成功期待、高压、挣扎和抑郁之后,他们对儿子的期待不过八个字:健康快乐,独立思考。当一个这样的普通人,就是胜利。

9

2021年10月,我见到王一的时候,他正在准备一项云南省的民族文化比赛,用雕刻甲马的方式参与,为此大大小小的假期都窝在学校里做准备。甲马,云南白族的传统手工艺术项目,那些古老悠远的形象,白族人民对山神、天神、财神等的崇拜,化成了一块小小木板上的雕刻,涂上颜料油漆印在纸上,贴在门上,便是对天地万物的敬畏。王一的兴趣撞上了有悠久历史背景的民族文化,让"刻东西"变得更有深意。在职校设计老师的指导下,他查找书籍,去村庄里查找不同的甲马形象,一次次尝试把它们刻在木头上。

显而易见,他对参加比赛有着深远的考虑和规划。"从功利上讲,如果拿了奖,对之后专升本有帮助。从私人角度来说,我喜欢刻东西,喜欢的事情还能在现实生活中对自己有帮助,何乐而不为呢?"他说。

这是他在云南建设学校的第二年。这所学校位于大理市下关镇,距离大理古城不到十公里。学校有将近三四千人,分布在建筑工程、财务预算、材料、市政、道桥、室内设计等多个专业,学生大多来自大理周边市县。王一知道,他的同学们基本上都是因为中考分数上不了高中,才上了这所学校的。但他似乎也不太在意,上课、学习、参加比赛、交朋友、当班长,猫猫果儿习得的规则,他依然会用在这里。他让林冬一次次感到惊喜的"改变周围世界"的能力,依旧在发挥作用。

王一很感谢林冬。每到长假期,他都会回猫猫果儿和林冬见面聊天,交流彼此的生活,了解猫猫果儿的最新动态,给学弟学妹们讲讲一个"老猫猫果儿"的经历感想。猫猫果儿的老师们在他的心里有很重的分量,小学时受到林冬和猫猫果儿老师的感召,他也很想当老师,因为可以"稍微调配一下一个人的人生,成就感很强"。哪怕后来听爸妈说"干我们这行干得厉害了,也可以去当别人的老师",他改变了目标,走上了建筑设计的道路,但心底深处并没有偏离最初的想法。一切还是像他曾经和父亲说过的那句话——"想当一个普普通通、却能帮助到别人的人"。

林冬也感谢王一,他觉得自己是在和孩子们一起成长,收益非常大。如果不是因为这些学生、因为猫猫果儿、因为做教育,他不会想参与这个世界,平行世界的他会是另外一个处境——"很糟糕的处境"。

他还记得刚到猫猫果儿带王一他们班的时候,只靠价值观支撑,没有系统的方法论,课程很粗浅。可是,每一位老师都是带着全部的热忱、对学生的关心投身其中,靠的是"人和人之间的信任,纯粹的情感连接",以此来支持学生的成长。那时王一发生任何一件小事,打架也好,说脏话也好,他都会坐下来和他聊好久,"真的想聊,想要帮他,完全是本能的东西"。用陈钢的话说,是"拿命抵命"。

陈钢是这么说的:"做教育不是那么简单文艺的,'一朵云碰另一朵云,一棵树摇另一棵树',教育是'一条命撞另一条命'。"那是需要一个人付出全部身心、承受劳累等代价的事情。

林冬深有体会。"累,现在也累。"他说,刚开始"每天都有很多事情、问题要去解决,每天都很困惑,因为每个人都不一样"。后来,课程和方法论更系统、专业,经验更丰富,他也还是会反思自己做得对不对,"这才是最累的"。

可是,一切是有意义的。"做教育是值得投入的,不管老师还是学生,互为师生关系,是一个成长的共同体。"林冬说,"在这里,你找到了路径,找到了空间和方向。你进入这个系统,找到一个最小的点,去拆解它,让原来的系统生发出另一个意义,这就是德里达说的解构。"

来自前人的思考成为支撑他们前行的坚定来源。教育学、心理学、哲学、社会学等学科,都能提供很多支持。这些认知也能辅助到教育实验。"如果你认可每个人有自己的世界、自己的理解,你要做的就是带他们进入到一个系统,比如社会学、人类学、自然科学、数学,让他们在其中找到一个点,自己去生发意义。"林冬说,"你也非常清楚地知道为什么要这么做,因为有康德、海德格尔、德里达等'大牛'在背书。而这一切,就是你坚定的来源。"

10

猫猫果儿的故事讲到这里,似乎也到了该收尾的时候。可是我还想告诉你更多。王一代表着猫猫果儿从创立到发展的过往,而现在呢,经历了九年时间,现在的猫猫果儿发展成了什么样?在走向衰亡,还是蓬勃?

那个更大的问题是：在边境高原小城进行的这一小型教育创新试验，放在更大的社会背景下，有何意义？

2021年4月，我曾给《三联生活周刊》写过一篇关于猫猫果儿教育实验的文章，它出人意料地在中国大城市中产家庭引发了强烈反响。随后那个暑假，猫猫果儿的暑期夏令营爆满。深陷"内卷"和"鸡娃"焦虑的中国城市中产家长们，仿佛在猫猫果儿找到了解药和希望。

它能够承载起这样的希望吗？

2021年夏秋，我为朋友的女儿——一个二年级小女生当了一回期末考试观察员，也在猫猫果儿小学观察了两天，和老师、家长们有了许多沟通交流。此时的猫猫果儿，幼儿园有了两个校区，小学走掉一个班后，剩下五个年级，每个年级二十人到二十五人。初中也在探索之中。

它有自己的问题，用陈钢的话说：走近了看，哪儿哪儿都是问题。就在2020年，猫猫果儿小学四年级因为家长、老师无法达成共识等种种问题而分崩离析，整个班级解散，许多家长带着孩子离开。留下来的四五个孩子，自愿分流到三年级或五年级。

猫猫果儿是一个开放社区。"只要是好人，谁都可以来，参观、考察、就学，谁也都可以走。来去自由。"陈钢说。它甚至没有一个权威机构的存在，陈钢只是一个名义上的"校长"，所有人对他直呼其名。除此之外，没有任何常设的权威和功能职位，它在很大程度上靠老师、家长、学生自治，这便是陈钢所说的"自由人的自由联合"、社区办学。

那是深入意识的自治。2021年夏天，猫猫果儿小学二年级的期末考试现场，我便目睹了孩子们的自治场景。下午两点，大理下关镇龙山公园山顶，孩子们终于等来所有同学，可以午餐了。老师小羊站在午餐台前，准备发放三明治、牛奶和水果，她提出了一个条件：确认全班每一个人都在，大家有秩序地过来领。

本来乱哄哄、七零八落的孩子们，马上开始自组织起来。"排队，大家排好队。"好几个孩子喊了起来。二十四个小学生，随即自觉地排成长长一列。"报数，报数。"这样的声音此起彼伏。排在队列前头的女孩报出了"1"，阿拉伯数字一个个传递了下去。中途有小朋友走神儿，报数停了下来，1号女孩便跑过去提醒。直到最后一个女孩报出"24"，孩子们开心地喊了起来，"到齐啦！"。随后小羊开始发午餐，同学们一个个上前去领，无人催促，无人争抢，井然有序。全程没有大人参与，班里也没有班长，所有学生是平等的，依靠自觉和自组织完成这一切。

这一场景让人颇为震动。这些七八岁的孩子，呈现出一种自在自若的状态。没有被动地等待大人来安排好一切，也没有被摆布下的无动于衷之感。有人积极，有人热烈，有人安静，有人游离，但都是他们自己，不是僵硬的木偶。你无法不对他们生出一种情感：都是好生动的人啊，你喜欢他们。

那一天，对待每一个考试项目，孩子们有种自发的认真精神。面对"动物园的存在好还是不好"这样的问题，他们也能对考官表达自己的观点。有人赞成，有人反对，可以保护珍贵的动物啦、失去自由啦、大自然的动植物有共生关系啦，理由各式各样、可可爱爱。

你会为之赞叹和感动：他们呈现出了"人"的状态，是真实、生动、天真、自然生发的孩子，那不才是孩子应有的模样吗？

11

让一年级的一个故事来作结尾吧。也让这个关于创新教育的故事，走向一个更开阔、更深远的境地。

2021年秋天，小羊送走了二年级学生，重新回到一年级的岗位，担任主班老师。小羊，曾在四川的公立小学任教五年，后辞职漫游，中途曾在上海学习手工皮具。2018年夏天，听皮具老师讲起大理朋友的孩子在猫猫果儿考试的经历，"需要从大理到昆明，完成一项项任务，回来的时候躺在火车过道里"，她很激动，"终于看到了理想中的学校"，她随即来到大理，应聘成为猫猫果儿的老师。在猫猫果儿的第三年，她第一次担任类似于班主任的角色，成为二十四个一年级新生的主班老师。此时的大理，聚集了更多大城市中产家庭，他们中不少人是为了孩子的教育而移居大理。在一次户外课的早晨，我见到了送孩子前来的家长们，既有文身的、留"脏辫"的嬉皮风家长，也有衣着光鲜靓丽具有都市感的家长；有骑着电瓶车前来的，也有开着奔驰车来的。是多元有趣的场景。

此时的猫猫果儿小学，课程已有了体系，依然是每周一天的户外课，每个年级的综合课有了固定的项目。一年级的综合课名为"空教室"，意为孩子们从走进一间空教室开始，桌椅的进场、环境的布置，都由老师带着他们讨论和实践完成。"空教室项目就是我们打磨出来的，对应的是一年级孩子的状态和需求——对集体的需求，让学生感觉到集体是接纳他的，我们在一起。"林冬说。

真正上课的时候，老师总是会面临许多具体的挑战。开学第二周，在一年级教室里，我目睹了小羊带领孩子们讨论如何布置教室，孩子们通过画图的方式，展开了对空间的想象。有人要在教室里设置沙坑，反对的孩子说"脚上踩了沙会弄脏教室"，支持者便提出"可以洗脚和拖地"。孩子们坐在地板上，七歪八倒，七嘴八舌地讨论，只要遵守"举手发言"的规则便可。

午饭时间，我看到了一场激烈的情绪爆发现场。午饭之前，当小羊提出每人申领一个数字，以后凭数字领取固定餐盘的时候，孩子们炸了锅。"我反对！""抗议！"之声此起彼伏，甚至有情绪失控的孩子当场尖锐地哭了起来，场面一片混乱。片刻后，小羊让大家坐下来，举手表达自己的意见。

"站着人会很躁动，情绪也会激烈，坐下来，席地围个圈，看见彼此，可以让大家平复情绪，安定地讨论。"小羊事后告诉我。确实如此，当孩子们坐下来，举手表达自己的意见时，情绪悄然平复，问题通往解决之路。有孩子提出反对意见并阐述原因，便有孩子给出解决方案。"记不住自己的号码怎么办?""可以写在纸上,贴在墙上。""万一6号动作特别慢,后面的人都要等他吗?""可以让后面的同学先打饭呀。"……

到最后,除了那个失声痛哭的孩子,所有孩子都领到了自己的号码。当有孩子对哭声感到烦躁的时候,小羊说:"他现在只是很伤心,每个人都有伤心难过的时候,是吗?"其他的孩子平静了下来。后来,在小羊的协调和其他同学的帮助下,那个孩子平复了情绪,拿到了心仪的号码。一场"暴乱"得到平息和解决。

"最重要的是,看见孩子,也让孩子们看到自己、看到别人。所以要让其他同学看到这位同学很伤心,帮助他,而不是指责他、把他推到对立面。让每个个体在集体中被看见,获得安全感。这就是猫猫果儿一年级的'我们在一起'和'我们看见你'。"小羊说。

现场激烈的情绪场中,她却没有情绪。一切源于她读过的"庖丁解牛"这个故事,"那把刀用了十九年,仍锋利如初,因为他运转刀刃时尊重牛的结构、尊重自然规律,刀刃该拐弯就拐弯,来去自如。"小羊说,"一年级的小朋友来到新的环境,出现各种状况是自然又真实的,我尊重这种自然,所以没有情绪,没有内耗。"

猫猫果儿三年，她就像来到了天堂，没有束缚，可以自由创造的天堂。如今，她依然是一线老师，不知道会待多久，但教育却是矢志不改的初衷。教育公平，则是最大的理想追求。

她让我想起陈钢。在访问他的末尾，我们谈到他在维西做的希望小学。"那还是一种很理想主义的行为，是吗？"我说。

"不，其实是很现实的情形。现实中，东西部的教育差距很大，很残酷，不是吗？"他说。身为杭州人，之所以做希望小学，是希望西部的发展能够逐步赶上东部。

如今，他参与创办的猫猫果儿，从无到有、从微小到小，引起多方关注。他作为创新教育的代表，也参与一些机构的未来研究小组，与这个国家最前沿的创新者共同探讨未来。我想，他依然没有忘记教育公平。猫猫果儿毕业的孩子们，也不止一个说出类似这样的话：我就是想做一个"普普通通、能帮助到别人的人"。

在大理生活的那几年，我访问过猫猫果儿这样的创新学校，也到过大理下属的祥云县、巍山县，探访过公益组织扶助的幼儿园、小学。贫穷依然触目惊心，留守儿童仍是西部乡村教育根深蒂固的困境。它们在中国大地上共存，甚至就在同一片高原上咫尺相隔，让人无法视而不见。

面对这一切现实,面对更广大、具有不确定性的未来,陈钢对王伟、对许多家长说的那句话,有其深意和价值所在。他说:"想让你娃成为你吗?还是比你更辽阔?"

五

退休生活

大理的冬天，光照格外强烈，阳光打在身上很温暖。每天早上九点半，阿迪都会在早晨明亮的阳光下，骑着自行车，从喜洲镇上的旅馆出发，沿着田野间的公路骑行，前往镇子附近两公里外的星登村，他在那里的一家咖啡馆做义工。

那间咖啡馆在田野中间，一个白色小巧的院子，立于村口，四周再无房屋，视野里都是田园风光。所属的村子是大理最小的自然村，全村只有不到五十户人家，安静，干净。可是在这里开咖啡馆，是一件需要理想和勇气的事。它距离喜洲古镇有一定距离，周围亦无其他景点，如果不是特意寻来，少有人会发现这里竟然有一间咖啡馆。

可它就这样开起来了，安安静静地站立于田野中，带来了诸多机缘，让许多有趣的事情发生。就像，六十二岁的阿迪从千里之外的香港过来，在这里工作两个月，给他的退休生活添上鲜明一笔。

没有人想到，这位少白头的小老头，曾经在香港当过十五年的小学校长,还曾是一名教英语和美术的小学老师。在小学工作了整整三十八年后,阿迪在六十岁时退休了。随后,他开启了自己丰富多彩的退休生活。他去澳大利亚旅行了半年,在农场做义工,去悉尼的教堂和学校里义务教别人画画。一个人去瑞士旅行了一个月,在雪山之间徒步、观景、沉思。在巴厘岛探亲访友,结交当地的朋友。

2017年10月,阿迪又来到大理喜洲,开始了两个月的咖啡馆义工生活。每天洒扫庭除,准备食材,和同事一起为客人做咖啡餐食。他一头白发,总是笑呵呵的,穿着围裙,给客人送上饮品。那些来来往往的客人们绝不会想到,为他们端来咖啡的老人家,是教育领域颇有经验和积累的专家。大理就是这样一个神奇的地方,在一个不起眼的角落里,都可能潜藏着你想象不到的"神人"。

阿迪所带给人的震动不止于此。认识他之后,我本以为如此心想事成、按照自己意愿惬意生活的他,未曾经历过生活的磨砺与艰辛。却没想到他少时家境贫穷,十三岁便开始挣钱打拼、养活自己,在不停息的奋斗中赢得了人生这场战斗。

他自己的人生就是一个巨大的励志故事,让人看到一个人能如何获得充实而有意义的一生,又如何在老去之后保持开放心态，活得快乐开阔。一切正如他所说："在我二三十岁的时候，并不知道自己的老年生活会如此快乐，只是尽自己最大的努力去做好每一件事。人生最重要的是活在当下。放下所有的担忧、焦虑，那些都是没用的。过好每一刻、每一天，尽最大的努力去行动，总会抵达什么地方。"

1

阿迪原本是不想退休的。"我喜欢我的工作，喜欢孩子，跟他们关系很好。但在香港，六十岁必须退休，没有选择。"他说。于是，他不得不早早为退休之后的生活做打算。退休前三年，他就开始思考今后该如何生活。那是源于身边朋友的触动。走到人生边上，许多老人失去了目标，没有事做，生活陡然变得空虚无聊，无所依凭与寄托。他们普遍情绪低落，感受不到快乐。有人甚至患了抑郁症，需要吃药治疗。

阿迪不想自己也陷于这样的境地，便早早地开始做计划。"你可以做自己想做的事情，不要等。几年后，你老了，身体不会太好，所以要抓紧时间。而且最好要有计划。如果没有计划，你会什么也不做。每天只是坐在家里，浪费时间。或许有些人享受这样的生活吧,但我不会。"

他列出了两张单子,一张是自己想去的地方,一张是想做的事情。一数,想去的地方竟然不下五十个,想做的事情也列了好几页纸。从亚洲到美洲、欧洲、非洲,从单纯的旅行到去教育最发达的芬兰考察,去澳大利亚的农场义工旅行,还有免费教贫穷家庭的孩子英语、去非洲盖房子、教小朋友画画……阿迪的计划包罗万象。

筹划三年之后,阿迪迎来了他的退休日,也正式开启了他退休后的第二人生。正式出发之前,阿迪给了九十多岁高龄的父母一年的生活费,给了妻子一笔钱,再把退休工资、剩余的积蓄放进银行做理财,打理好一切物质基础、生而为人所应承担的责任后,才离开香港,开始自己的探险生涯。六十二岁,他好像还是一个青年人,对世界充满了好奇与探索之心。在他眼里,这个世界太美太辽阔,什么时候去发掘、探索都不晚。

他的第一站是澳大利亚,他哥哥一家居住的地方。

在悉尼,借助哥哥一家的关系,他得以融入本地生活,在教堂和嫂子的学校里,免费教人们画画。有时候离开悉尼,去墨尔本、塔斯马尼亚、珀斯,一个人旅行。他还加入了澳大利亚的 Woofing 组织，去这个组织下面的农场打工，换取免费食宿。没有工资，但有假期，休假的时候阿迪就去旅行。在澳大利亚，他在农场工作了一个月。以这样的方式，他可以以不太高的成本旅行。

在农场，阿迪遇到了来自世界各地的打工者。年轻人以 working holiday（打工旅行）的形式，挣工资旅行；老年人、带着孩子的家庭则以换宿等形式，"让小孩子了解农场、大自然，享受劳动和生活"。他们摘草莓、苹果、奇异果，砍树，饲养农场上的山羊、绵羊、马……既劳动，也享受，与世界各地的人们交流、跳舞、歌唱，日子过得简单而快乐。

离开澳大利亚后，阿迪又去了印尼、瑞士旅行。在瑞士的一个月，他马不停蹄，因为这个国家"太漂亮、想看的风景太多"。赶火车、汽车，在不同的城市辗转，看雪山、观湖水。有时坐缆车到山顶后，就在山上走上一天，呼吸干净清新的空气，沉浸在自然之美中。

六十二岁的阿迪，就这样拎着行李箱，一个人穿梭在世界各地。

3

从香港到大理,缘于阿迪偶然看到前同事发的咖啡馆照片。那座位于田野中央的咖啡馆,背靠苍山,面朝洱海,色彩简洁清爽,带给人奇妙的平和开朗之感。咖啡馆老板是一对在香港求学、工作多年的八零后年轻夫妇,Maxwellye和Fay。四年前,他们辞掉香港的白领工作,来到大理生活。开民宿、做市集、在大理新式幼儿园教书,尝试与城市里不一样的人生。

开车经过喜洲时,他们被这座小院子的美打动,当即决定租下来,改造成一间轻食咖啡馆。咖啡馆也寄托了两人的大理生活之梦。"大理的魅力,正是因为她被许多人当成了生命中的一个岔路口。无论那个岔路口是通往逃离、休憩、转折或安定,都有意义……大理宜人的自然环境更是催化了精神性的对话,所谓乡愁,除了对家乡的怀念,还有人性本身对乡野和自然的渴求。"

他们怀着一种理想主义的精神租下了这个看上去并不会太挣钱的院子,自己设计、请来工人装修,整理出了一个洁白小巧的田间咖啡馆。开业之后,生意不算稳定,时好时淡,却也让他们有了经营餐厅和咖啡馆的新体验。他们还在这个空间里尝试生发出更多内容：组织乡民论坛，让在大理生活的人们共聚一堂，讨论"在大理以何为生""怎么改造老院子"等话题。

看到这一切时，阿迪被打动了。在繁华都市中出生成长的他，从未有过乡村生活体验，也从未在中国的土地上走到云南这么遥远优美的地方。通过与Fay共同的朋友，阿迪实现了来咖啡馆做义工的愿望。人生如此奇妙，谁也不知道什么时候遇到的人、看到的风景，会在某一时刻将自己带往何种奇妙的旅程。

咖啡馆的工作简单，端茶、倒水、扫地，阿迪完全不因自己曾经是校长而不好意思。他总是笑呵呵地为客人服务，有时遇到好玩的人，还会拿出手机与他们合影，将记忆珍藏下来。

院子旁边有一块农田，Maxwellye想种上花，阿迪便时不时地帮着平整土地。六十二岁的年龄，拿着一把小锄头，蹲在地里一点点地翻土、清理杂草。田间地头的工作，也让他感慨农民的不易、种地的辛苦。

他向二十二岁的店长阿兴学习制作甜品、蛋糕、冰激凌，打算回香港后做给家人朋友吃。阿兴在阿迪身上学到了很多，"不仅仅是他说了什么，更因为他做了什么"。他看着阿迪为了迎接家人来大理旅行，提前去每一个地方踩点；看着他给朋友们写明信片，送上诚挚的祝福；也一起在田里耕种，讨论怎么除草、翻土、种地……两个年龄相差四十岁的人成了"忘年交"，每天有说不完的话。

在大理生活久了，阿迪还与平日里经常打交道的本地人建立了友好的关系。去固定的餐馆吃饭，店老板会送一个卤蛋；去超市买水果，老板也会赠送其他的品种。阿迪讲起来时很开心："他们活得很真实、友善，不会以恶意去揣测别人。但在城市里，尤其是香港，每个人都在身边筑了一道墙，不轻易相信别人，不安全感很强。"

"我喜欢大理本地人。这里的生活标准没那么高，他们不用花很多时间去工作，也能得到足够的钱，所以他们不用为了钱而挣扎，更快乐，对生活更满足，对他们的工作也很喜欢，不管是种地还是开店。香港就很不一样，人人都很忙，像打了鸡血一样，为了挣钱而奋斗。"

这也让阿迪对大理的本地文化深感兴趣。结束咖啡馆义工生活后，他还在大理待了一两个月，学习这里的扎染，研究并画下白族房子的构造与细节。

4

这位阳光、乐观、开朗的退休老人，总是面带笑容，配上白色的头发与胡子，就像一个圣诞老人。直到我得知他艰辛、贫困，为了生存而早早开始奋斗的青少年时期后，才略微懂得他的勇气与力量来自何处。

阿迪生在一个贫困之家，父母甚至没有钱让他念完中学。为了能够继续上学，他从十三岁便开始去工地、工厂打工，从而挣得学习与生活所需的每一分钱。十四岁和十五岁的夏天，去建筑工地打工，做最辛苦的轧铁工作。在夏天的烈日之下，费很大的劲去把晒得滚烫的钢铁轧在一块儿 —— 只因这是很能挣钱的工作，一个月就可以挣三千美元，那还是在 1960 年代末的香港。

非暑假时期，他周一到周五白天上课，晚上去鞋厂打工，周六周日去电子工厂做清洁工作，一直做了十年，直到大学毕业。

当同龄人还是孩子、从父母手中得到一切时，阿迪却已经是成熟的大人了。迥异的境遇，却没有让他心生不平。"我不介意这些。我的目标是上学、读书，需要钱，就去挣，不会想太多。"

后来,他当上了校长,也常常鼓励年轻的同事们:"不要想太多,不要担忧,朝着你的目标,尽最大力量去做就是了,一切都会好的。态度在我们生活中非常重要。如果你觉得它好,它就会好。对待工作尤其如此。如果你改变态度,一切都会改变。"

经历了艰苦奋斗过上了更好生活的阿迪,也给了他的孩子们更优越的条件。两个儿子,一如这一代的香港年轻人,不像父辈一样经历过相对匮乏的童年,而是在无忧无虑中念书、旅行。阿迪总是鼓励两个儿子多去玩耍,去不同的地方看看,认识不同的人。所以他们都先后去了澳大利亚打工旅行。

大儿子曾经在澳大利亚和新西兰打工旅行了两年,如今已回到香港,做着自己喜欢的工作 —— 摄影。小儿子刚大学毕业,如今也在澳大利亚打工旅行。有趣的是,当父亲在这片土地上义工旅行时,儿子也在同一片大陆上体验人生,打开自己的世界。

除了帮孩子们买一张去澳大利亚的机票,阿迪再没有为他们支付费用。"我也会问他们,是不是需要钱,但他们总是说不用。到了澳大利亚,他们就去找工作、挣钱,不再向我寻求支持。"他说。

学习全球环境的小儿子,待结束打工旅行后,也会回香港找工作。阿迪说:"对此我不担心,他已经是一个大人了,会找到自己的路。"

在香港小学里工作了一辈子的阿迪,便是抱着这样的理念,教育自己的孩子与许许多多的小孩。他当校长的时候,"总是告诉老师,给孩子们留一点点作业就可以了,作业多并不意味着学生们就懂得更多。要给他们时间玩。玩耍对孩子很重要"。但这并不容易。在华人世界里,"家长总是想要孩子作业多一点,想要他们有一个更好的成绩,并不想他们有很多时间玩"。

可是阿迪这个人的存在,就是以他自己的整个人生,向他的学生、也向所有人讲述活着这件事,讲述生而为人的乐趣、宽广与力量。

时代在变迁,香港与内地也在剧烈地变化。可是看到阿迪,却让人感动、心定。不管世界怎么变,支撑着这个世界绵延向前的,是这些踏实工作生活、充满了力量的人。

六

从逃离到回归

那是一家小小的店，在上海繁华的市中心，陕西南路和长乐路的交会处，一个久远的社区。树荫环绕，百年银杏、香樟树影幢幢，带来静谧之感。树影之下，是一排排法式老洋房，里面住着上海老阿姨老爷叔们，给这一片带来了生活的烟火气。社区原有一个法式名字"凡尔登花园"，如今换上了更接地气的名字"长乐村"。

那间安静的素食餐厅就在这片绿荫之中。它面积不大，不到一百平方米。走近的时候，首先出现的是一个小庭院，满院的花草中摆放了几张木头桌椅，小巧可爱。内里的空间，每一张桌子也是小小的，几乎只能摆下一个人的碗碟。那也是店主人开店的初衷：开一间一人食的素食餐厅，让前来吃饭的人们练习独处，享受片刻的孤独与寂静，专注食物本身。

我毫不奇怪 Maxwellye 回到上海后，开了这样一间餐厅。还在大理的时候，他和妻子 Fay 就经营过一间小小的轻食咖啡馆。它同样是安静简洁的，位于人流稀少的田野中间，风景秀美,田野寂静。他们意外开车经过那里的时候,发现了这间小院子,不顾它路途遥远、位置偏僻,租了下来,改造成轻食咖啡馆。如今回到上海,他做着同样的事情。同样是一个小巧精致的空间,同样是做餐食,只不过一个在山野田园的大理,一个在繁华喧嚣的上海。

过去十年,Maxwellye经历了从"打工人"到小店老板的转变。大学毕业后,他曾在香港工作了三四年,经历了高速的都市节奏,是写字楼里光鲜亮丽的白领,每天忙着开会、写PPT、想创意、做营销……但转眼之间,他就和妻子一起离开香港,来到与都市相距甚远的大理,过上了田园乡村生活。改造过老院子,经营过民宿,开过咖啡馆,做过市集,也参与过大理新式教育。所有那些"逃离城市去大理""不当白领开小店"的都市传说,他们都曾经历过。

六年后,他回到了从小生长的上海,依然是开一间小店过活。从香港到大理所发生的职业转折,在他回到上海后保留了下来。这一路的辗转变迁,他似乎是在寻找什么,又寻到了什么。

是什么呢?

1

他的第一次出走,是从香港到大理。种子是在刚大学毕业那一年埋下的。

那时他有过一段短暂的gap year(间隔年),去了西藏和云南旅行。抵达大理的时候,住在一间青年旅舍里,以打工的形式换宿。在那里,他遇见了形形色色的人,这些人有着千姿百态的经历。有人多年来一直在路上,穿越了亚欧大陆。有人在国内晃荡,去过寺庙修行。还有更多像他一样刚大学毕业的年轻人,梦想着环游世界……他越待越觉得有趣,也接触到了大理的本地文化和新移民群体,深感大理是一个藏龙卧虎的地方。

但那时,他尚未在大公司里打过工,仍有好奇。他是必然要去体验经历一番之后,才可能真正做出自己的选择。所以两个月后,他回到香港,进入主流社会,成为高楼大厦间的一名白领、一颗"螺丝钉"。

"香港是一个高度职业化的地方,我们在大学里念书老师都会教我们如何去做一个职业化的人。"他说。工作以后,老板也提出了同样的要求:要对下属严格,让他们像机器人一样工作。他每日像个陀螺一样,在工作间不停地旋转,对着电脑写报告,在会议间和领导同事开会,经常忙到夜里九十点才走出办公室,在夜幕之下依然灯火通明、人流如织的港岛上匆匆回家。

他不太能适应这样的"螺丝钉"文化,心里也总带着不忍。有时候,他宁愿自己多加点班完成工作,也不愿把事情都丢给实习生,反而让他们早点回家。他小心翼翼地珍视着自己心里属于"人"的部分,不被残酷的竞争所异化。

多年后,当他已经去了大理生活,再回到香港看望朋友同事的时候,他在大学同学身上看到了让他悚然一惊的场面。

大学同学在香港一家连锁便利店做采购。有一次,这位大学同学和供应商在电话里为价格吵到天翻地覆,爆粗口骂娘,但放下电话后转头就平静地对同事说:"嘿,中午去哪里吃饭?"这一段,是同学讲给 Maxwellye 听的。这种分裂让同学本人感到震惊,也让 Maxwellye 感到不可思议:"这就是高度职业化的结果,人是割裂的。"

Maxwellye 在这一切发生在自己身上之前,选择离开了。触动来自一次 Ted 网站在香港办的活动,他看到两个年轻人放弃银行工作,在香港新界开了农场,当起了"农夫"。在香港这样一个高度商业化的社会里，这种非主流选择让他心里出现了裂缝。是啊，生而为人，是可以有其他选择的，人是可以主动决定自己想过何种生活的。

他又想起了大理，那两个月的打工换宿生活带着大理的阳光、恬静和明亮浮现在眼前。连续几天思考之后，他和Fay商量：不如，我们去大理生活一段时间吧！Fay和他一样，也曾有过漫长的在路上旅行的经历，在南印度待过三个月，他们对于"另一种生活"的想象和向往有着相似性。

那之后不久，他们退掉房子，打包行李，举家迁移到大理。

2

落脚之初，他们接手过古城里一家有十几个客房的客栈，第一次尝试自己做老板。那段岁月是带着笑和无奈留在记忆里的：深夜抵达的客人，半夜敲门的醉汉，来路不明的男人和女人……当他们真正走入实务，一切就不只是风花雪月般美好了，还伴随着种种未知、琐碎和麻烦。哦，最大的记忆点，是那个万能的马桶通！

他们当时租下的客栈，下水道有很大问题，马桶时不时就会堵塞，他们想过种种办法都没弄利索。直到有一天，朋友拿着一个超大号机器，兴致勃勃地说："用这玩意儿试试吧，通马桶神器！"他们一群人便拿着机器，开始围着马桶打转。"嘭！嘭！"机器发出巨响。堵了两天的马桶终于通了！他们一个个笑瘫在地，笑出眼泪。曾经，他们都是大城市玻璃幕墙里坐办公室的白领，如今，却对着屎尿屁焦头烂额……那是他们永远忘不了的回忆。

大理生活真正变得有意思起来，是在他们转掉客栈，重新租下一个老院子、将它改造成民宿之后。Maxwellye的心里总有想要创造什么东西的念想，改造房子、做建筑成为自我表达的一个出口。他和Fay在苍山下的村子里四处转悠，直到遇见那个废弃的老院子，他们心里的火被点燃了。

那是春天，繁花盛开的时候。那个倾颓的石头院子已无人居住，房东一家已搬至附近盖的新房子。但院子里的一株李子树却依旧在生长，满枝白花如雪芬芳，风吹过时花瓣簌簌掉落，撒落一地的璀璨晶莹。他后来才知道，李子树的花期只有两周，他们恰好在花开的时候抵达，看到了院子最富灵韵的时刻。

他们没有犹豫，当即租下了院子，随后用了大半年时间自己动手查资料、画草图，带着工人改造装修。有时自己也得上手，才把一个废弃的老房子改造成了开阔明亮、可以居住、可以喝茶做饭看书的小院子。四百多平方米的房子，他们只做了三间 LOFT 格局的卧室，却用了大量空间做成公共空间——开放式厨房、一个玻璃阳光房、一个榻榻米茶室，还有一个铺满草坪的院子。李子树下，也做了一个木质平台。每年开花的时候，他们都会邀请朋友前来，坐在花树下喝茶。"你再喜欢它开花时的姿态，也留不住它短暂的花期，所以尽情体会当下，在它盛开时，请朋友过来野餐喝茶，欣赏它的繁盛，这样就够了。"他说。

彼时，他们给民宿取名"现所"，意味着"活在当下，享受现在，并从此处发现新生活的线索"，具有一种"禅"的精神。从那时候开始，他就在不知不觉之中追寻"禅"意。他不会想到，多年以后，自己所做的一切，也会成为自我人生的线索，推动他走向禅意追寻的深处。

3

我认识 Maxwellye 的时候，他们刚租下喜洲边上的一个小院子,准备改造成轻食咖啡馆。院子在田野中间,四周除了公路、农田和邻近的小村子外,再没有其他。它距离人流如织的大理古城有将近三十公里,距离最近的喜洲古镇也有两公里。这样的地方,会有人来吗?我对此心存疑虑。但也钦佩他们的理想主义精神,只因为喜欢这处院子、想尝试做点什么,就立刻行动起来,这未尝不是一种勇气和创造。当时他们也不会料到,多年后会回到上海做相似的事情,此处的经验成了后来的基础——那句话是没错的,人生的每一步,都算数。

他们是偶然去到的那个村子——"星登村",大理最小的自然村,全村只有不到五十户人家,安静,干净,村名也有种"攀星登月"的奇妙感。那个小院子在村口,一个小巧封闭的独院,五十米外就是从大理前往丽江的大丽路。他们去的时候,正是十月稻穗金黄之季,院子四周,成熟的稻田就像给大地铺上了一层柔软的金黄色地毯,风吹过便层层起浪。伴着大理秋天高远湛蓝的天空和随意飘浮的云朵,整个景致就是印象派画家笔下的如梦画卷。他们看着这景象,呆住了,尽管当时并不知道把它租下来做什么,但还是毫不犹豫地定了下来。

直到第二年春天,他们才决定把它做成以"甜品/轻食"为主的空间。Maxwellye嗜甜,突发奇想地觉得"在田野中吃甜嘢"应该是件令人倍加愉悦的事。随后,他们在维持白族院子结构的基础上,做了适度改造。尝试开了一扇扇大大小小的窗,希望让马不停蹄的旅人、长居大理的朋友,"能透过一扇窗,将最宁静的乡野时光纳入视线,化入心里,使这个空间成为让人放松和愉悦的所在"。院子里的色彩搭配和家具选择也很清新,有种轻盈之感。

后来,他们做的食物也是一样的清新,各种食材互相融合:把大理白族的食物乳扇做成冰激凌,粑粑做成三明治,再把蘑菇和云腿放进饭团……他们做着看似洋气外来的甜品,每天早晨却依然从镇上熙攘的菜市场开始,这让 Maxwellye 感叹,"这份交错感也刚好符合了大理兼容飞鸟和游鱼的气质"。Maxwellye 给小店取名"依谷坐憩",意思是"依着稻谷边坐下来休息",读音正巧同"一鼓作气",想表达的是"在一鼓作气的人生中,偶尔也可以慢下来,依谷坐憩"。

开业以后,那个院子依旧保留着安静的氛围。选址的偏远,注定了来的人不多。但奇妙的是,吸引到的人都有相近的气质——内心安静,喜欢田园,哪怕是在大城市做着主流繁忙的工作,心里都保存有一份不被打扰和浸染的简单纯真。所以他们才会不顾路途长远,专程跑来这样一个非著名景点的寂静小店吧。每当有远方的朋友和家人来,我也喜欢带他们来这里,总觉得在这里可以感受到大理迷人的一面——苍山洱海,乡野田园,远离喧嚣,优美安静。

小店就在这样一种淡淡的宁静之中存续着,挣不了多少钱,但不至于亏本,能够活下来。Maxwellye请了一位年轻人阿兴管理小店,他日复一日地在这里待着,也不觉得闷,认真投入地做着餐食和咖啡,以平和友好的态度迎接客人。机缘巧合之下,一位退休后开始环游世界的香港一所小学的校长阿迪也来了店里做义工。小店就像一个奇妙的落脚点,会聚了五湖四海有趣的人们。

三年后,当Maxwellye和Fay决定离开大理回上海的时候,他们要将民宿和这间轻食咖啡馆都转出去。简辉看到了转租消息,决意租下来。那时候,她在苍山上经营多年的莫催茶室已被拆掉,一直在寻觅新的地方重新开始。她选择这里,"恰恰因为安静,独立的一栋白色小房子伫立在一片田野中,有点孤寂。有客人来最好,没有人的时候就自己喝喝茶,读书写字吧"。

在不少前来询问、想要接手的人里,Maxwellye欣然将院子转给了简辉。在他看来,那是这所小院最好的归宿。

4

收到 Maxwellye 最新消息的时候,他已经在上海市中心开了那间一人食餐厅 zen zen,还吃起了素,这无疑是一个很大的转变。我们在大理聚会的时候,他是那个"无肉不欢"的人啊,怎么突然就成了素食者呢?

一切,与一位禅者有关。那是件听上去有些不可思议的事,但它真实发生了。

2020 年秋天,Maxwellye 已经离开了大理。那两年,大理在环境治理、旅游市场不稳的影响下,并非理想的经营环境。他们为了寻求更稳定的环境与空间,四处考察后,选择在日本京都投资做民宿。可谁也没想到,2020 年年初,新冠疫情来袭,整个世界停摆。他们的民宿硬装已经完成,但疫情看不到尽头,也只能暂时搁置。一切似乎都处于一种临时的状态。

那段时间,曾在大理共过事的农场和市集团队来到江浙发展,停留上海的 Maxwellye 继续参与其中。十月,在农场老板的指引下,他去了一所禅院,帮忙组织一场活动。最初他是不想去的,但农场老板说:"你一定要去。"农场老板说自己在那里"就像人生第一次找到了方向"。Maxwellye很诧异,他没有想到年近四十的朋友会有这样的感受。他怀着好奇去了。

最初几天都在忙忙碌碌地工作。直到最后一天,禅者请他们喝茶,感谢他们帮忙。在喝茶的过程中,禅者并没有说什么高深的话,但Maxwellye却大受触动。午后平缓与寂静的时空下,他们围坐在洁净的茶室里,悠悠然地说着话。"你是谁?把你的标签去掉,你还是谁?"禅者说,"很多人会陷入我要成为工程师、银行家的梦想中,穷极一生,用尽所有方式,去成为那个想成为的自己。但生命应该是反过来的,成为那个'你'应该是让生命变得圆满的一种方式。但如果在那个过程中,迷失掉自我,所有东西是为了追求那个结果,是得不偿失的。"

重要的,是一种感受,是禅者所散发出来的能量和震动。"他讲的都是一些你听过的道理,最重要的四个字就是'知行合一'。"Maxwellye说,"但为什么禅者讲'知行合一',就能给我带来这么大的震动?我回来后想,是因为以前讲这些东西的人,他们做不到,所以只是给你讲一个道理。但当一个真正活出来、真正践行知行合一的人讲的时候,能量的同频可以直接打击到你,让你拷问自己:为什么他能做到,我做不到?"

后来,他第二次去到禅院,一进门就哭了。那里的氛围,让他看到生命很美好的模样。禅者不会讲抄经,他的所有东西都是从日常出发,"你有没有好好吃饭,有没有对食物和身边人的接触,有回应,专注当下。"Maxwellye说,"都是些很浅显却被忽视的道理。"

5

他开始感受到某种镇定。尝试吃素,很快就适应了,一年来没什么反复。也开始思考在上海做点事情。心定,便有身定。

这时,他再次发现"空间"本身对他的吸引。营造一个空间,把人们联结起来,让能量和理念流动,支撑人们面对所有的困难和窘境,那是他想象中的美好图景。那该是一个怎样的空间?过往开店的经验和对当下的观察,还是让他注意到"吃饭"这件事。一日三餐,是每天的日常,构成了人们最基本的生活,也是"活在当下"最好的修行场所。

他想起了大学去荷兰交流时看到的欧洲第一家一人食

餐厅，当时便留下了极深的印象。餐厅的创始人、设计师 Marina van Goor 相信，孤独是人类天性，人们总是追求完美的东西、片面的光明，而疏忽和隐匿那些潜藏在内心深处的孤独感，以为那是不好的一面。但他却想推翻这种观念：一个人的独处，没那么多消极情绪。一张单人桌，一把椅子，一杯水，一枝花，一份套餐，一个人，看着餐厅里的人来人往或窗外风景，也可以怡然自得。

种种因缘牵引之下，他和两位伙伴决定开一间一人食素食餐厅，给那些偶尔想要脱离人群、一个人清清静静吃一顿饭的人们。不与人说话，不看手机和 Pad，专注饭食。那，便是他素食餐厅的由来。

Maxwellye 开始了一次在上海的小冒险。与大理不同，他在上海目睹了更奇妙的世情百态、光怪陆离。

他们租不起临街的店铺，动辄十万起的租金，不是一个小小的素食餐厅所能承受的。但有时候，确定想做一件事情，所有的机缘都会促成这个结果。在一次活动上，Maxwellye 认识了一位朋友，他听 Maxwellye 说想开一间素食餐厅后，带他来到自己市中心的老洋房。安静，绿植丰盛，有浓浓的生活气息，不临街，租金合适。那便是素食餐厅现在所处的位置。

开店之后，他们面临着客流量不稳定的困难。地处街巷深处的社区，没有自然人流，只能依托网络推广。他们写文章，在公众号等平台推广，引来了网红博主们的打卡。那段时间，网红蜂拥而至。"点的东西一模一样，拍的照片一模一样，角度都要一模一样。他们都不是来吃东西的，是产业链的一环，需要找不同的新店，来维持流量和粉丝，粉丝看到了就会来打卡。"Maxwellye说。

那也确实给小店带来了下午茶的客流。最多的一天来了八十个人，但店里最多也就能坐个二三十人左右，那一天"跟打仗一样"。慢慢地，网红和他们的粉丝"来去如风，很快又过去了"，普通消费者不会看这些博主的内容，店里的客流量趋于平稳。

这一度让Maxwellye非常困惑。因为强调慢生活，他们没有刻意去做网红聚集的消费平台，却被探店博主发现。面对这股潮流，他们感到分裂。"博主是有传播效应的，而且你不可能赶人走，也不会清高到说这些人我不接。但也确实会困扰，他们会拍很多照片，在店里到处走来走去，拍照久了食物没法吃，浪费掉了。真正想要慢下来的人，是不太愿意来到这样一个很网红的地方的。"Maxwellye说，"那段时间还是会无所适从。"

这一切让Maxwellye感觉像在做田野调查,"我们本来希望大家以放松的状态过来好好吃饭,但其实来的人各怀目的,就像一个小的人类学调查,看到社会上各种各样的人"。

6

灯光微暗,音乐舒缓,人们盘腿而坐,放下手机,闭上眼睛,什么也不想,又或者过往的一切像放电影一样在脑中闪过。那是店里每周例行的冥想,由一位冥想老师带领,参与的人们从工作、生活中暂时脱离出来,放下一切事务,只是静坐冥想。

有时候,老师会让人们轮流描述一个地方,带领大家在想象中完成一次远行。有人去了海边,在蔚蓝波涛与海浪边听风听海。有人描述了欧洲的街道,石头房子,碎石小巷,阳光明亮,抑或下起了淅沥小雨,充溢着久远的历史气息与静谧氛围。在没办法远途旅行的当下,人们跟随着想象力,在头脑中远行。

每周,都会有不少人报名参加餐厅的冥想活动、聚餐讨论。那是 Maxwellye 和伙伴们对小店的另一重规划：他们不仅仅想做一个餐厅，还希望通过这个实体空间建立社群，聚集起相似的人们，让他们能在这里放慢、放松、放开。

"你能不能专注当下，吃饭就是吃饭，开会就是开会，这就是禅。"Maxwellye 说，"我们常常在做这件事情的时候，想着另外的事情，比如你明明在写文章，却在想下星期的会；你在开会，又在想今晚要跟朋友约会；约会的时候，又在想明天有报告要交。大部分的混乱其实来自于此。你无时无刻不在焦虑，很难专注当下。"

"禅不是无欲无求，也不是什么都不想，而是让焦虑和恐惧很快流过去，你不会被它锁住。比如不会突然想到这个月要交房租，但你钱不够，焦虑中很多能量被耗掉了。理想状态是：这是一个问题，但我先抽出来，回到当下正在做的事情，把它做好。过后再想，为什么会陷入这种状况，有什么办法可以解决。"

那是他希望自己能达到的终极状态：逍遥人生。"不需要占有任何东西，不需要证明什么，世界都是你的，你也不会陷入到关系的纠缠中。不是说断离所有关系，而是关系不会困扰你。你是完整的，可以爱人，也让别人来爱你，但不会苛求，不会因为别人不爱你了,你就什么都不是。你可以从容面对所有事情,就很逍遥。"他说,要做到很难,但值得。

创立一个空间、一个社群,和一群人一起追求这样的状态,像是他正在做的一个梦,也是将梦变成现实的旅程。从香港到大理,再回到上海,他是一步步走进这个梦的。最初是逃离大都市,"不想一辈子打工,不想在一个城市的职场关系里走到头",但并不知道自己真正想要的是什么,没有找到自己是谁。

大理是一个开端,他成了独立自主的人,开始自己做事情,积累了知识和经验,也像打开了找到自我的开端。但在回到上海后发现,"如果你自己安定的话,在哪儿没有太大关系。如果你很不安定,考虑的都是自己,当世界没有按照你的预期去运行,就会很痛苦,回到大理一样很痛苦。因为你只是在不断逃避外界环境。"他说,"真正接受自我后,是没有分别心的,不会去评判'好和不好,美和不美',不会有那么多二元对立的东西。"

那位禅者,是敲醒他的人,让他真正思考这些问题——你是谁?你不是那些标签,不是大厂员工,不是某个人的丈夫或妻子,那么你是谁?这才是终极问题,是人们穷尽一生追寻的答案。它不在风中,不在头脑中,而在生活中、在行动中。"重要的是活出来!"Maxwellye 说,"知行合一特别难。你在做你知道的事,把它活出来,就是最好的。"

七

与山

那间面包店在通往苍山的半坡上。不到二十平方米，一整面玻璃门，浅绿色的招牌，青灰色的墙壁，一如不远处的苍山，淡雅清爽。木头玻璃柜里摆满了二十多种面包，原味可颂、巧克力可颂、杏仁可颂、日式盐面包、贝果、乡村面包、吐司、肉桂卷……饱满圆润的面包挤挤挨挨地趴在餐柜里，可爱极了。

店里放置着两张原木色餐椅，和一个面朝大街的木质餐台，这是可以坐下来吃面包休憩的地方。门外的小露台上，摆放着两把小木椅和圆几。冬天，坐在门外晒太阳吃面包，看看苍山和云，俯瞰山下的古城与洱海，再舒服不过了。

面包店的名字与背靠的苍山一脉相承：与山面包。老板阿城是个沉默寡言的人，辞掉软件工程师的工作、告别海边大城市后，他在贵州深山待了两年。每天在山间田野、侗乡苗寨行走，与连绵群山、村落村民为伴，过着缓慢悠闲的生活。也是在那里，他认识了当时的女友、现在的妻子巴团。

他们共同选定了大理这座山下小城，在这里生活已有十年。前五年在洱海边的双廊开甜品店。儿子出生后，他们搬到大理古城居住，在山脚下开了这间面包店。到2021年夏天为止，又是四年。

阿城性格内向，不擅社交。最初两年，店里只有他一个面包师。他常常在操作间里埋头做面包，有熟人来，他抬头笑笑，打声招呼，便继续做面包。大部分时候，来买面包的客人们在店里都见不到人。餐柜上立着一个纸牌，上面贴着付款码，下有黑色碳素笔写的两行字：自助购物，扫码付款即可。进进出出的客人拿一个牛皮纸袋，用夹子从餐柜里挑选喜欢的面包，自觉付款。

这种自助的形式已经有四年了，开门营业不久就是如此。那时候，店里只有他一人，忙不过来，他便采用了这一方式。后来，他请了员工，招了学徒，店里有了四个人，但全都在二楼埋头做面包，没有人在店里守着客人。

他似乎从不担心有人不付钱，或者少付钱。"我知道会有这种情况发生，但还是接受。"他说，说话时语速缓慢，"刚开始两年，客人群体比较简单，这样的事情不常发生。现在客人群体很宽泛，什么人都有，变得复杂了些。"他停顿片刻，像是在边思考边回答："但我需要不需要跟着变得复杂一点呢？我从来没有想过，因为这种方式让绝大部分人感觉更自由，我不想因为极少数人、个例，去牺牲掉大部分人的自律和自由，失去我们自己的自由。这完全是得不偿失。"

阿城三十八岁，广东人。大学学计算机，毕业后进了广东一家国有银行，在研发部门做软件工程师。每天朝九晚五，上下班有班车，吃饭有食堂，公司大楼里还有健身场所，收入也不错。阿城的同事们大多对这份工作很满意，很少有人会离开。阿城也说这份工作给了他很多，优厚的待遇啦，稳定的保障啦，等等。做程序的部门氛围也还不错，所谓的人际斗争很少见。但五年合同期满之后，阿城毫不犹豫地离开了。那时他已经是部门主管，掌握的技术也是稀缺资源，不乏其他公司以翻倍的薪水邀请其入职。但他一点也不心动，裸辞走掉了。

2009年，裸辞还是个新鲜词，少有人会这么干。一个萝卜一个坑，出了这个坑便去另一个坑，人们大多这么循规蹈距地活着。阿城的裸辞，简直像在那个国营企业里丢了一枚炸弹。了解他的人，自是当成理所当然、符合他性子的行为。但更多的人感到惊诧，平时寡言少语的阿城，竟是这般特立独行。

阿城是平静的。他默默地收拾东西，打包行李，跟家人告别，然后背着一个四十升的大背包就出门旅行去了。多年后说起原因，他只有简简单单的一句话：不自由，在大企业里工作，人就像镙丝钉一样，被镶嵌在系统里，没有多少发挥的空间，自我的成长很有限，被淘汰的可能性也是有的。

其实征兆早已明显。初入职场的那年秋天，他为了在国庆假期独自穿越贵州的马岭河，天天跑山拉练。没想到临出发前，被领导要求加班。身为职场新人的他竟断然拒绝，为了时间充足还请假提前出发。回来后，自然受到了领导的批评。但这也让他明白，自己与企业文化有多么不符，合约期满便立即离开。

他没有想好接下来做什么，今后的人生要怎么度过。但也不着急，他打算先去贵州山里徒步、旅行。贵州多山，山里散布着古老的城镇和村落，他喜欢这样的地方，一待就是近两年时间。在凯里，他喜欢在夏天的夜晚坐在街头的烤豆腐小摊边上，喝着冰水等待豆腐烤熟。在他的记忆里，"这座夜色幽暗、空气黏湿的小城，人声鼎沸，烟火气息浓厚，似乎很容易就陷进去"。

他时常去凯里下面的村寨。住在村民家里，会去山里跑步，穿过田间小路，跑进青山。返回时，坐在清透的水边休息。燠热的夏天，跑完步浑身大汗，皮肤上都是炙热感，他便一头扎进水里泡一会儿。水，"不仅能隔开暑热，还带来深邃的平静"。

他还喜欢去施洞镇过节。山里的人们有种种缘由聚在一起，庆祝名目繁多的节日。其中尤以姐妹节、龙舟节最为热闹。从白天到夜晚，人们不分昼夜地唱跳嬉闹。他也会钻进对歌跳舞的人群，扒一坨肉、挖一把五彩饭，跟着乡民们边吃边跳，很是痛快。

但是最后一次在施洞镇等待过龙舟节的时候，他遭遇了身体的剧烈疼痛。离开广东前，他做过一次全面体检，并没有什么问题。但彼时却在山里犯了急性结石，痛得完全没办法坐起来。镇上的医生也束手无策，他只能连夜找了面包车赶到凯里的州医院。进出施洞镇的路弯多陡坡，他躺在车里犯晕，疼痛真实又清晰。

节日没有赶上，他的人生却在此后发生了重大变化。在州医院治疗后，医生嘱咐他要休养。他只能暂停旅行，去了最近的西江苗寨休养。一周后，他在那里遇到了妻子巴团。尽管隔了半年才与巴团确定下来，但在那时他就已经意识到：漫长的旅行，就此结束了。

巴团是成都一所中学的老师。2009年夏天，带完一届高三毕业生后，她出门旅行。原打算去新疆，却因种种原因放弃。转而来贵州，来了黔东南。从凯里到西江，她一个人晃晃悠悠地旅行。

在苗寨，她入住了一家村民的房子。那时的西江苗寨，村民们还没有搬迁到城市。一栋三层楼的木头房子，他们把其中一层拿出来做成客房，每间房摆上两三张床铺，铺上洁白干净的床单，招待前来旅行的客人。阿城在这样的苗族人家里住了一年。

巴团入住的苗家，正是阿城住的地方。

她住进来那天，恰好是苗寨的吃新节。那是苗寨一年中除了苗年之外，最重要的节日。禾苗抽穗，意味着稻谷生长，人们为此庆祝，祈祷神灵保佑、风调雨顺、五谷丰收。出嫁的女儿也要在这一天返回娘家，与家人团聚。

那时的阿城已经像一个本地人，看到前来旅行的巴团，他便邀请她一起去过节。他们就此认识，在西江一起待了一个月。他们有着相近的气质，安静，不张扬。在小孩长到六岁的时候，巴团依然穿着黑白格子衬衫、宽松浅淡的裤子，脚上一双回力鞋，从气质到装扮都像一个大学生。阿城也一样，时常穿着白色T恤、黑色帆布短裤,脚蹬一双跑步鞋。衣服裤子总是一买几件,换着穿,老让人误会他几天不换衣服。

他喜欢家里很空。搬到大理古城后,他们租了一套民房,让房东搬走了大部分家具,只留下搬不走的沙发(他从来不坐,就坐一把小小的椅子)和一张餐桌。再请来木工师父做了两个柜子、一张床,还有一张他们从旧货市场淘的古旧四方桌——很精细,即便在大理本地人家里也不常见。这便是他们在大理空空如也的家。他喜欢,她也喜欢。

他们自然而然地走到一起。中途也经历过曲折与分别:她在暑假结束后回到成都工作,他没有再上路,在西江苗寨住了下来,继续过他喜欢的山居生活。他不急着回去工作,凭借之前五年攒下的积蓄,过着悠游自在的生活。也不为未来焦虑,他知道自己返回城市后,随时能找到工作,此刻只需安心地活在当下。

直到一年后,为了和巴团相聚,他离开西江,去了成都。

来大理生活,是两个人一起决定的。那时他已经在成都生活了一年,接替朋友做一个银行系统的软件项目。项目阶段性完成后,他便离开了。那是他人生中第二次转身离开。这一次不是一个人,而是两个人;要去的地方、要做的事情,都已经明确——巴团也从学校辞职了,他们早已在双廊找好了店铺,准备在洱海边开一间小店过生活。

那之前一年,他们来大理旅行,第一次去了双廊。那时的双廊还不是游客熙攘的旅游胜地,只是洱海边的小渔村,知道的人不多,村子里只有寥寥几家客栈。他们一眼就喜欢上了,它"清净多情、阳光明亮,石头小巷如鱼骨架般延展开来,白墙黑瓦的白族传统民居依序展开,干净敞亮,行人悠悠,一副典型传统古村落的模样"。阿城记录下了初到时他们眼里的双廊,"蓝天底下,阳光明媚,洱海焕发着迷人的粼粼波光,苍山十九峰在洱海对岸高高耸立,绵绵不绝。外面世界之远,似乎已然隔绝"。

之后的半年,他们周末和假期都在成都与双廊之间往返,寻找居所,为将来的小店选址。"虽然以生活的姿态来这里,但还是要有一个能够让我们保持清醒的事情做,而不是在此堕落。"阿城和巴团一开始便打定了这样的主意,后来选址、找房都还顺利,他们把这当作渔村对自己的接纳,坚定了在此生活的决心。

那所小店并不是面向洱海的大房子,只是一个小阁楼。屋外是高大的古树,阳光照下来,光线明亮浓郁,坐在房间里也能感受到。"星光灿烂的夜晚,拉开窗帘,能看到点点繁星或是皎洁明月。起风的时候,躺在床上,也能听见掠过湖面的风声。"

村里的生活平淡、孤寂。除了能买到极其日常的用品、村民种的果蔬、渔民捕获的湖鲜,再没有多的东西。没有网购,快递还不能送进来。若要采购更丰富的物品,得坐车两个小时去大理古城。夜里除了聚在一起品茶聊天、喝酒玩乐,没有多余的娱乐。

他们在这里经营甜品店。最初巴团想过开一间粥店,兼卖甜品。阿城却觉得做事应该简单专注,不应复杂,要卖就只卖一样东西,两人商议后决定只卖甜品。在阿城的家乡广东,闲时饭后,人们总缺不了甜品,巴团也爱吃。甜品店取名"木棉"。木棉是广州的市花,那里是甜品的天堂。最重要的是,木、棉都是极为质朴却又极具质感的物品,就像他们想要的生活、想要的小店一样。

那间不到八十平方米的甜品店,摆放着五张木桌和几把椅子。装修简单,青绿色调,清爽风格。在大理装修房子不是一件容易的事,装修师父时常因为种种原因不来,有时是下雨,有时是过节,或去别人家做客了。店铺主人没有办法,只能等。工期被拖得很长,一间百八十平方米的店铺,装修个半年也不少见。

阿城装修甜品店时便经历了这一切。工人们时断时续,到最后给墙刷漆、给淘回来的桌椅打磨,都是他和巴团自己来。后来连房东都看不下去了,亲自动手帮他们砌好厨房的操作台、水池,甜品店才得以在两个月后开门营业。

之后的经营还算顺利。他们每日待在店里钻研甜品,安静地忙碌。从那时开始,阿城身上的匠人品质就开始显现出来。他们使用来自苍山的牛奶,调制具有大理本地特色的甜品酸嬢嬢;有时坐两小时车去下关镇的农贸市场寻找来自墨江的黑糯米,用来制作风味独特的芒果黑糯米……

那时的双廊,有他们想要的质朴自然。旺季人多,时常忙不过来,却也有了足够的生意保障。等到人潮散去,淡季来临,生意便成了生活。阿城在店里坐着,给偶尔走进来的客人做甜品。种种声音再次敏锐地传进耳朵,音乐声、客人细语声、碗勺撞击声,还有搅拌机的吵闹声……它们变成了悦耳的组合曲,让他重新迷上了这不紧不慢的日子。当春天来临,燕子重临院子,在屋顶筑巢,四周又响起了它们叽叽喳喳的吵闹声。木瓜花也渐次盛开,院子充满生机。这样的时刻,他们总是觉得细微的感动，为与自然的亲近，为感受到的万物复苏。

有时是雨后，空气清新，有橘子花香。他坐在小院里喝茶，看屋后青山，氤氲之气让他蓦然回到在贵州侗寨的时光。也是在雨后的傍晚，他独坐屋前，看远处的山云雾缭绕，琴师在旁独奏琵琶，轻声歌唱。所不同的是，云南的阳光强烈，贵州却是空气清冷。那时他会恍然察觉，已经走了多远的路。

此时再在街头偶遇成都同事，他才知道当初大家都为他的离开感到诧异。做得好好的，怎么就离开了呢？而且是去一个陌生的乡村，开始一种陌生的生活。他和她，本来都拥有一份不错的工作，过着不是最好，但也不算坏的生活。大多数人不都是这样吗？

但阿城在那时已经有了答案——因为他有更想要的生活。原来的生活的确不算坏，他没有不喜欢，也不抗拒城市。但他更喜欢的，还是在山水之畔过接近田园的生活，那是出于本心选择的更自由的生活。做的事情也更喜欢，更有自主性和创造性，可以在某种潜流涌动中抵达他想要的状态。

就像他阅读《食品公司》这本书的感受，那是他最真实的追寻与实践——"每个人似乎都卷入大公司体系内，难以逃脱。那些真正做农事生产的人似乎也难以与大公司抗争，一一败下阵来。能够改变的，却又正是每个普通人，多关注土地、乡村、食物，为那些健康食品加油鼓劲"。

他的食物追寻之路在时间的流动中走向深入，走向更本质的地方——在甜品之外，他开始做面包，直到最后完全放弃利润更丰厚、看上去更漂亮的甜品，单纯只做质朴的面包。

最初是孩子的出生带来的改变。2015年年初的冬天，儿子出生。他们将居住地点从双廊转移到生活更便利、社区更丰富的大理古城，住进了山脚下的小区。甜品店交给店长管理，他和巴团在山下带着儿子长大。

在那时，他便开始给妻子和孩子做面包。起初是想找到好吃的面包而不得，便想自己来做。相较于点缀式的甜品，他也更想尝试作为主食的面包，因为"做面包比做甜点更复杂，即使拿到配方，也需要跟当地的水质、温度、湿度去调和，还与做面包的人的经验相关"。决定之后，他便去了上海，师从一位祖辈做面包的法国面包师。两周后他返回大理，开始在家里日日练习。

阿城的日常变成了"照顾好孩子和做好一块面包"。"每天，养天然酵母，在孩子醒来前和好第一个面团，然后就是耐心等待，等待面团发酵到最佳状态，简单整型后烘烤。从此，我们的日常就得跟着面团来安排。"他记录下了当时的状态。每天天还没亮就起床,四周漆黑一片。有时孩子醒了,阿城便陪他玩耍,一边陪伴一边看着喷薄的日出,看着红彤彤的朝阳照亮山海,人间在太阳底下苏醒。

有时孩子没醒,他便窝在家里的小烘焙房翻翻书、练一会儿易筋经,天亮后开始做面包、准备早餐。饭后,养酵母,直到几天后酵母咕噜咕噜地冒泡,然后用它喂养白面包。经历了长时间发酵后,看着做出来的拥有光泽柔美的孔洞、柔软又富有嚼劲的面包,他不是没有成就感与充实感。

家人是他的品鉴师。他每天换着花样做,法棍、全麦面包、红糖面包、菠萝包……每一种面包都有各自对酵母、发酵时间、面粉、烘烤时间的要求,阿城一点点摸索,过程有成功亦有失败。巴团也会发表自己的感受与建议,一如他们在双廊开甜品店时的相互合作。

时间久了,他开始做更多的面包,在朋友圈里打折出售。他把这当成一种练习,让更多人帮他检验面包的品质,在反馈中改进方法和精进手艺。做过软件工程师的他,天然懂得如何打磨一件产品,又如何在"种子用户"中反复试验和提升。开店前的半年,他收获了最初三十多个忠实的"种子用户",也将面包品质磨炼到足以面向更广大人群的程度。

晒太阳、听雨、看书、和面、揉面，等待面团发酵、面包烤熟、孩子睡醒。给家人做一日三餐，推着孩子出门走走，看着他一天天长大，能坐能走能跑能跳。那是长达一两年时间里，他的日常。做面包和养孩子，就像水和水溶在了一起。

自信做出足够好吃的面包后，阿城才在古城通往大理大学的坡上，找了一间店面。在那附近生活的有本地人，也有从世界各地来到大理生活的人们，形成了一个多元化社区，但还没有一家手作面包店。阿城知道选址的重要性。

面包店很小，不到二十平方米，装修难度比甜品店低，需要动工的地方不算太多。阿城不慌不忙地装修了一个月，淡绿色的"与山"开张了。他开始了职业面包师的生涯，每天早上六点半起床洗漱、吃早餐，八点不到就去了店里，开始一天的工作。

做面包是一个需要自律、有规律的工作，面粉有它固定的发酵时间，人必须顺着它的时间走，否则做出来的面包不好吃。到了店里，他会查看放在冰箱和酵母机里的面团。那些柔软的面团，头天下午就放进了酵母机或冰箱里，在恒定的温度与幽暗之中生长。面团也如任何有生命的动植物一样，需要合适的环境去发育、成长。"在自然界,二十五摄氏度的温度最适合酵母发酵、生长,所以我让酵母机保持二十五摄氏度,给面团最适宜的环境。冰箱可以帮助你控制发酵,温度低,发酵缓慢,会让面包的口感更好。"阿城说。

得到发酵成熟的面团后,他开始给面团称重,以得到精准的分量。然后揉面团、制作面包、放进烤箱烘烤。每一个步骤,他对待面团都很仔细:"你希望呈现出好的口感,就要和面团好好相处。有的人做出来的面包口感是死的,就是因为没有好好对待面团。"揉面、擀面、捏出合适的面团形状,阿城的动作熟练而迅速,那是长时间练习之后的驾轻就熟与灵巧自如。每一个步骤,旁人看起来轻巧,背后却是他漫长的练习,与对温度、时间、力度、技巧等诸多细节的体悟与摸索。

他就这样做了四年。很多人都对他的工作与生活感到好奇:他是怎么做到的,可以四年如一日地,几乎天天都在做面包?守着那间半坡上的小店,很少外出,就连他喜欢的旅行也很少再进行 —— 只在 2021 年夏天,和巴团一起,参加儿子的幼儿园毕业旅行,回到他熟悉的贵州。

他也很少社交。他说自己性格内向,不擅长社交。作息时间也和大家不一样,每天早睡早起,兼顾着面包和面包店的作息。

"与山"也在这四年里，成为大理远近闻名的面包店，在这座小城印下了坚实的足迹。每天早上八九点钟，人们就陆陆续续地开车、骑车或是走路来到面包店，打包几个面包。也有人会坐在店里吃面包当早餐，阿城准备了热水和烤箱，人们可以自助将面包加热再吃。附近的咖啡馆、酒馆也来批量定制面包，再拿回店里提供给客人。如果不是遇上下大雨等极端天气，到了下午六七点钟，两百多个面包常常都卖空了。

即便不买面包，路过的人们、认识的朋友，也会不时去小小的面包店里坐一坐。喝杯热茶，在门口的蒲团上坐着晒太阳。

两年里，那一带出现了更多的面包店、烘焙店，竞争也出现了。但阿城从未觉得这是坏事，因为"光明正大的竞争会推动大家做得更好"。他仍然专注于做面包，不卖咖啡，不卖他熟悉的甜点，只卖面包。遇上面包的淡季，他尝试过做搭配面包的简单早午餐，但从不影响以面包为核心的主业。哪怕这不是一门多赚钱的生意，他也从未动摇过。开甜品店时，一间八十平方米的小店能为他们带来一年七八十万的净利润。面包店的收入，跟甜品店比差太远了。但阿城也从没想过再做甜品。

他知道这两者之间的区别。甜品一旦确定内容，便固定了，之后便是程式化的重复。但面包是有生命的，从发酵到烘烤，每一个步骤都是一次有机的生长，需要人的等待、技巧，还要与天气、气候变化做斗争。阿城能看到其中的微妙变化。有时是一场大雨带来气温的急剧下降，让发酵变得更缓慢。有时是烤箱的温度突然变化，让面包的生长变得不可控……每一个新的问题都是挑战，解决它们的过程也给人以掌控感和成就感，直到做出更好吃的面包。四年来，他沉浸于此。

减少的收入，对他和巴团的生活没有产生影响。他们很少购物，消耗极少，家里空空的，衣服也简单质朴。除了孩子的教育，他们几乎没有太多需求。在成都和大理的房产，是为了孩子将来的教育、他们未来的生活和养老而购置。那是他们仅有的大项开支。

巴团在儿子上小学后，重新回到了教师岗位。面包店有阿城已经足够了，而她依然想成长。尽管结婚了，彼此是一个整体，但也是各自独立的人，有追求自己梦想的需求和权利。那是他们相信的事情，也支持对方这样去做。

孩子由阿城带着。七岁的小男孩，在大理的创新学校猫猫果儿念小学一年级。他和孩子的生活随着学校的节奏，有了稳定又富有变化的旋律。每天早晚接送孩子，放学后跟小孩在草地一起玩会儿棒球，周末和几个家长一起，带着孩子们运动，轮滑、旱地冰球、触式橄榄球……孩子们玩得开心投入，一旁的大人也很愉快。

他依旧守护着面包店的运转。来买面包的客人越来越多元，本地人，外地人，外国人。开跑车的，骑自行车、电瓶车的，开面包车的。形形色色，丰富多样。有一次，一个身着卫衣、气质混杂的男生来店里买了两袋面包，随即走向了一辆破破烂烂的面包车。打开车门，驾驶座的座椅靠背已露出了海绵内瓤。他坐进去，毫不在意地开着车走了。

他让阿城想起多年前他们刚来大理时，身边的朋友也是这样。大家生活简朴，买一辆二手的面包车轮流开。出去玩，一群人挤上面包车，欢天喜地地驶向山野。其中不乏出身大城市的富裕或高知家庭的二代年轻人，他们依然过着没有消耗、没有物欲、精神上很逍遥的简单生活。

直至今日，阿城依然坚守着这样的生活方式。从做甜品到做面包，也像是一种对质朴的回归。当一个人以执着的精神始终如一地做一件事时，他便具有了朝圣精神。

八

寂照庵

那是一座很美的寺庙。它在苍山的半山腰,掩映在一片高大幽绿的松林之中,松树随风摇摆,发出沙沙声响,四周更显幽静。小巧古朴的院子背后,大块透明的玻璃窗装饰着简单质朴的禅房,有明亮的静谧感。四周摆满多肉植物与花朵,一面墙上用黑色毛笔写着一个"禅"字,字体遒劲飘逸,有种潇洒在其中。

2013年的春天,我曾在大理生活了一个月,有天和同伴沿着苍山半腰的玉带路从北到南徒步行走了十几公里。下山的时候,意外发现了这座寺庙。寺庙拱门上书写着"寂照庵"三个字。"寂照",有深深的孤寂与清透之感。后来得知,它源自《易经》,"寂然不动,感而遂通",意味着"若能达至无思无为之境,就能静下来,对于世间之事有感必应,万事皆通"。"寂然不动",被后人发展为"寂静照鉴"。感通寺,寂照庵,两座上下毗邻的寺庙,名字便得于此。

走进院子,里面悄无声息。一位妇人出现在禅房,我向她讨口水喝,她带我到角落,说:"这里有茶叶和热水,请自便。"我们在靠窗的位置坐下来,停歇了一杯茶的工夫,看松林,听松涛阵阵。"要是能在这里住下就好了。"我向同行的朋友感叹,"如果有一天能放下一切,在这样的寺庙待一段,也不错。"

那时的我不会想到,四年后我会回到大理,住进同一个设计师设计、与寂照庵具有同样气氛的旅馆。

那是2016年的冬天,12月。北京雾霾沉沉,工作疲劳、无力支撑下去的我,辞职离开,飞到大理,于茫茫然中探索另一种生活的可能。大理是我过去数年反复前往的高原小城,当无处可去的时候,尚有这一处地方让人心存希望和向往。

抵达之后,我在苍山下寻找可以长期落脚的地方。看过许多旅馆,都无法下定决心。或简单或繁华,却总是有所欠缺,少了决定性的东西。直到走进那个古旧斑驳的石头院子。

它位于苍山下的石门村,一条狭长的坡道旁边。大块石头垒起的门,门上紫红色的三角梅垂下枝头,开得旺盛。一扇看上去古旧的木门敞开,走进去,花坛里栽种着纯洁雪白的马蹄莲。院子里不见一人,不闻一声,幽静得像是被遗忘之地。我在客厅里闲坐片刻,一个戴着帽子的女生从后院走了进来,问道：你好，要住店吗？

我在这所古旧的院子里住了下来，为期一个月。院子的美，对我有强烈的吸引力。正值冬季，庭院中间一棵梅子树开得灿烂，金黄的叶子熊熊燃烧，在人心底燃起大火。一栋百年石头老宅被翻新加固，做成了客厅和客房。开放式客厅里，收集了许多古旧的家具。木头柜子上的漆已经掉落，斑驳的木桌上铺着墨绿色的棉质桌旗，八十年代的收音机还能放出音乐，有穿越时空的怀旧感。整个院子有强烈的审美意味，古旧、朴素、安静。

我住在二楼古旧石头房子中的一间，入口处一张单人沙发，正对苍山。早上起来，坐在沙发上喝一杯牛奶，仰望山上轻柔朦胧的云。窗户朝南，阳光从早照到晚。深受雾霾困扰之后，如今我睁眼就看到洁净清透的阳光，心情很是敞亮。

正是旅行淡季，院子里入住的客人不多。多数时候，旅馆里悄无声息，沉静安宁。管理客栈的女生毛毛亦是从杭州来到大理生活。夜晚，我和她坐在廊下蒲团，有一搭没一搭地说话，聊着从大城市到大理的变迁。月光洒落下来，照在梅子树上、水池里，发出明明灭灭的光。

正是在这样一个夜晚，毛毛告诉我这所院子的来历。她说，这是建筑设计师高鲁东改造的院子，由她来管理。高鲁东也是寂照庵的设计师。原来如此！我突然回想起四年前撞见寂照庵的场景，并为这冥冥中的关联感到神奇。

此时，寂照庵已经从寂寂无名变得热闹非凡，因多肉、素食和建筑而名声在外。每一次去，都会看到院子里处处是人，人们排着队吃素食、喝茶，欣赏多肉和建筑。少有人知道，这个院子是高鲁东义务改造的，所花费的工钱不过区区五千元。

高鲁东在一个夜晚出现在旅馆。他有着北方人高高大大的身材，戴一顶鸭舌帽，声音洪亮，谈笑风生，有玉树临风之感。走近了看，他的头发已有些花白，脸上也有了皱纹。但他的笑容里还有天真，举手投足之间也带着洒脱。他似乎没有困守于年龄，而是超脱于时间之外。

那天夜里简短的交流之后，我才知道他曾经是国家队皮划艇运动员，参加过1984年的奥运会，还当过国家队教练，四十岁时才转行做建筑。那是怎样不可思议的人生？

后来，小院的静寂、优美和强烈的精神性，让我从裸辞和转换城市的动荡不安中平静下来，不久后我决定在大理停留长居，以自由撰稿为生，开始与北京不同的另一种生活。那，是我在大理三年岁月的开始。

此后,高鲁东成为我在大理采访的第一个人。他有着自由且传奇的一生。

松林掩映之下,寂照庵有种隐逸感。每一个走进来的人都惊叹:在这个山高树茂、风摇影移的地方,竟然有这么美的小院子!似乎可以坐在任何一个角落,听风听雨,听山涛阵阵。

在把它改造成这番模样之前,高鲁东去寺庙里坐了很久。一个人在那里待着,思考,观看,感受早晨的阳光、傍晚的阳光、它的风、周围的树。想象如果待在这里,他会不会耐心坐下来。如果自己不坐,别人也不会坐。然后再想大致该怎么做,脑子里就有了全部的形象。

要为前来爬山的人们考虑。呼哧呼哧爬上来很累,那么就要做很多小空间,方便人们喝茶歇脚。还要与周边自然环境相融合,就好像它是天然生长在这里的一样。如他所说:"一个建筑在那里,要让人感觉它本来就是在那里的,是有生命力的。最高的设计就是看不到设计的痕迹,大道无痕。"

还得是在螺蛳壳里做道场,他只有五千元把它做出来。没办法,庙庵年久失修,冷清孤寂,少有人来参拜,也就没有多少香火钱。

待了整整一天,四处行走,观察,思考,高鲁东有了方案——尽最大可能就地取材,利用一切可以利用的废料、边角料。

所以,盖茶室的大石头是从附近的山里背来的;壁炉上的瓦片是老房子上捡来的;凳子是旧的蒲团,做蒲团的布是他家里铺床剩下的,由他妻子缝制而成,再把废弃钢筋稍加弯曲,做成了带有艺术气质的凳脚;喝茶的木桌是居士赠的旧木板,重新打磨了一番……只有两把椅子是买的,百八十块,其他都是就地取材,利用原有的东西改的。

后院的房间有大幅的玻璃,光亮透明,少了许多寺庙常有的幽暗。那是高鲁东的想法,他觉得寺庙不一定非得是阴森的。那些敞亮的屋子,也是后来吸引游人的一个原因。少有人不喜欢明亮优美之地。

钱不是一次到位的,常常是寺庙里有了一点钱,便动一点,就这样断断续续改造了一年,工人的工钱还是先赊欠,等后来有了香火收入再付。高鲁东也不计较,主动提出义务改造,不收任何费用,把它当作一件功德,忙碌了一年。一年后,新的寂照庵落成,他用五千元改造出了被称为"中国最美寺院"的尼姑庵。

很多人喜欢这里,喜欢它的自然舒适、不落痕迹。建筑系的学生来大理,也会在老师的指引下,将寂照庵作为考察对象。口口相传中,寂照庵从冷清变得热闹。

高鲁东因它而被许多人所知。他那随心所欲又极为精彩的人生,也如同画卷一般,在众人眼里徐徐展开。

他的一生,从一开始就与众不同。

父亲高翔,中国十大王牌飞行员之一,曾被写进高鲁东小学时的课本,被称为英雄。他至今记得1965年他五岁的时候,父亲在一次任务凯旋时,万众瞩目之下,走下战机把正仰头等待的他抱在肩头。他闻着父亲身上飞行夹克的皮革味,眼前闪动着鲜花和笑脸,那个画面成为他一生的记忆,也给了他整个少年时光的自豪与自信。

胆大与无惧似乎是刻在基因里的东西。他学会游泳就源于一次意外。五岁的一个傍晚,他独自一人在水库边上玩耍,一不小心脚下一滑,掉进了水里。在柔软流动的水下世界,充满无法踩到坚实地面的虚空,他却没有太恐惧和慌张,一边屏住呼吸用手和脚划拉起来,一边看着夕阳之光洒在河面,光影细碎,好看极了。没一会儿,他竟无师自通地学会了游泳,从水里漂浮起来,游到了岸边。

少年时期,他浑身使不完的体力和精力转移到了运动场。

踢足球、掷铁饼、跳远、打篮球、撑竿跳、划皮划艇……他参加过的体育项目数不胜数，还拿过不少奖牌，听上去简直不可思议。

参加皮划艇，不过是听教练介绍说这是奥运会项目，他马上决定练习，并写信告诉家人，过段时间就会寄一张戴国徽去国外参加比赛的照片。进队以后，他四处寻找其他优秀运动员，进行请教，按照自己的法子练习，不管什么"冬练三九夏练三伏"的套路，白天在空调房里待着，太阳落山气温降了才出去开练。"运动本义就是玩，搞得苦了吧唧的，还弄得一身伤病，何苦呢？"他说。

就这样，他拿到了那年秋天全运会皮划艇项目的两块金牌……后来进了国家队，参加1984年洛杉矶奥运会，那也是中国皮划艇第一次出现在奥运赛场上。只可惜，由于中国皮划艇仍处在起步阶段，和国外顶尖选手差距很大，他们没能进入决赛。

那之后，他还当过浙江省队教练、国家队教练，但随着时日漫长，他有了改变之心，想尝试更多样的人生。"这个职业我已经走到头了，世界那么大，我还有许多东西想玩。"他说。尤其是有一天，当他从体委冠军楼出来，看到老领导挽着袖子，蹲在路边跟门口修车师父一起晒太阳。不知道为什么，那个画面让他觉得时间宝贵，不能再等了，得赶紧走。

于是他写好辞职信，含泪和队员们告别，离开了体制。那年，他三十二岁。

之后，他做过电视剧发行，当过体育节目主持人，每一次尝试都是说干就干，没什么担心的，"有这些年竞技体育的磨练，干啥不行呢"？

当体育节目主持人的时候，他利用自己在体育界摸爬滚打多年的人脉，找来了许多知名运动员参加节目。有一次找到当时很火的排球运动员汪嘉伟，汪嘉伟长得高大帅气很有影响力，却不爱说话。高鲁东拎着几瓶酒，和汪嘉伟喝了好半天才开始做节目，最后节目效果出人意料地好。他发现一切也没什么难的，就像当主持人，只要真、不装，观众就会喜欢，节目的收视率也噌噌往上涨。

但当一切干好了，他又觉得没劲、不好玩，便再一次辞职了。那是2000年，他四十岁。直到这时，他才在偶然的机缘下，踏入建筑的大门。

最初是在杭州，他的一位老朋友在杭州龙坞镇做副镇长，邀请他过去搞点项目。在那里，他开始尝试改造民居，做文旅。从来没有做过建筑的他，一出手改造的老房子，做旧之后有一种韵味在其中，让人百看不厌。他请朋友们来玩，大家都喜欢上这儿。口口相传之中，村子一下就火了。他还专门去申请了一个官方名称"大清谷"，做成了景区。

第一次尝试设计房子，就取得了意想不到的成功，他获得了成为建筑设计师的入场券，此后越来越多的人找上门来请他帮忙设计。那时他已经四十岁了，通常看来已经过了职业生涯的黄金时代，且还没读过建筑专业，时而招来人们的疑问：非科班出身，也可以成为建筑设计师吗？他总是笑笑，说："你见过古代的建筑工匠上建筑学校吗？"

世界上一些著名的建筑设计师都没有受过科班教育。柯布西耶以及他的崇拜者安藤忠雄都是如此。"柯布西耶没有接受过任何建筑专业方面的正规教育。他直接面对着前辈与师匠，不在乎旁人的眼光，自由而大胆地学习着。"安藤忠雄曾如此书写他的前辈柯布西耶。

然而你也不得不承认，一个好的建筑设计师即使不是学校培养出来的，也必然是一个具有超出普通人天分的人。这天分既关乎审美，也须有理性的头脑。高鲁东对抽象的数字与现实空间之间的对应关系把握得极准。

刚开始练皮划艇时,他便觉得队里使用了多年的两只桨,在角度和宽度上都让他不适应,硬是让木匠把他的桨改了,两只桨之间的角度从九十度改到八十几度,桨叶也从大改小,这才觉得用起来更顺手。而在盖房子的时候,房顶做多高、窗户留多宽才能达到想要的审美效果,他不用做图也可以随口说出来。做出来的实际效果若有差池,他也一眼就能看出。

建筑设计所需要的审美,他从书法练习中潜移默化地获得。高鲁东从小和爷爷学习书法,对书法有极强的敏感度。小学时第一次上书法课,他得了个最低分:丁。当晚,他找来了欧阳询的字帖,琢磨了一个晚上。第二天,书法课作业便得了甲,从此以后再也没有低于这个评分。

很多年后,他已经成为建筑设计师。改造完大理的寂照庵后,见一面墙壁看起来太空,用一把破刷子提笔便写了一个"禅"字,一气呵成,成为寂照庵里极为引人注目的一处存在。人们经过时常常停留下来,观摩这个行云流水、自由挥洒的"禅"字。若有阳光照下来,刚好打在这面墙壁上,与黑色的字、白色的墙明暗交织,光影之间禅意盎然。"书法跟建筑是相通的,在开始之前要想好,怎么去搭建结构、怎么布局,不能填得满满的,肯定要有留白。"他说。

小时候生活的环境也带给他极大的审美影响。他曾跟随父亲在浙江黄岩的路桥机场部队大院生活了很多年。那是民国时期欧洲人建设的一个军队机场，所有房子都是欧洲风格，犹如上海滩的欧式建筑，用大石头建造起来，极富古老之味。

当他自己成为建筑设计师后，很多灵感都会从儿时的记忆中迸发出来，那是一种经过时间洗礼富有生活气息的建筑想象。他从不追求看起来高大上、很炫目的设计，花岗岩、水晶灯、一整面的大玻璃，这些富丽堂皇的效果他不会做，相反会保留院子里本来就有的井、屋顶上古旧的瓦片、墙壁上原有的脱落与斑驳……古老的房子、书法，对宋明山水画的研习，融汇成他建筑中的"侘寂"之风：不追求花哨浮躁之物，静心于不加雕饰的质朴单纯之美。

来大理，是一次随性所至。2002年，他四十岁出头，开车带着妻子从杭州出发，开始了一段公路旅行，在全中国漫游。从东到西，一路开到了云南，直到大理。见这里风景优美、气候温和，他们留下来不走了，从此开始了冬夏在大理、春秋在杭州的候鸟生活。

为了给自己和家人一处理想的住所，他在大理动手改造了很多老院子，既有洱海边的观海之院，也有苍山下安静隐逸的老宅。每一所都是年久失修的白族宅院，其中不乏猪圈、牛棚、久无人住快要坍塌的石头房子。他一动手，就把它们变成了宜居之屋。

但他却一再陷入自己带来的怪圈：无论在哪里，他选中的地点、改造的院子，总是会从偏僻之所变成喧嚣熙攘的地方，从而导致安静被打破、房租上涨、房东想要毁约……他和妻子不得不像流浪者一样，每隔几年便往更偏僻的地方去，找更破旧的院子改造，并把外观造得隐蔽、不被人发现。

遇见寂照庵，是一次无心之举。

那天，他和妻子去爬山，下山时迷了路，无意中走进了那时破旧冷清的庵里。庙虽简陋，却种满了花花草草，阳光之下生长得甚是恣意盎然，有强烈的生命热情。操持庙宇的人，应是对生命有发自本心的尊重与关爱吧。哪怕身处陋室，也会种植和料理花草。多年以后他回忆说，正是满院的花草让他愿意帮助住持妙慧师父义务改造寺庙。

曾经的寂照庵是一处只有一位师父、两个义工的小巧寺庙。高鲁东误入的时候，寺里人员一个月的生活费不过五百元。妙慧师父时常想要把简陋破败的庙宇重新修整，却苦于没有足够的预算。

那天,高鲁东找到了妙慧师父,和她聊天时得知了她的想法与困境。他沉吟片刻,提出了请求:"师父信得过的话,改造的事情交给我吧,我来义务改造。"

师父看着他,不动声色。他又说:"我是做建筑设计的,在杭州和大理都有项目,哪天我带你下山去看看吧。"

他带妙慧师父去看了他做的院子。那些院子有天然之美,古朴中带着禅意,与寺庙有着内在精神的契合。师父放心了,这才把寺庙的事拜托给了他。

他也提醒师父,如果把改造交给他,之后来的人会很多,可能会很累。彼时的妙慧师父不曾料到,后来一切如高鲁东所说,来的人都快"踏破了门槛"。改造之后的寂照庵,在随后几年时间里,慢慢从苍山上一处不知名的庙宇,变成了闻名四野、游人如织的地方。

如今,面对寺院里人来人往、排着队吃素的景象,妙慧师父重复着那句话:多一个人吃素,就少一个人杀生。

静寂空透的寂照庵,成了大理的一处地标。旅游旺季的时候,前来吃斋饭的人从后院排到了前院。寺庙里人人平等,无论谁来了,都要排队打饭,自行找空位吃饭。饭菜需吃干净,否则在佛前罚跪一炷香时间。无数小朋友来到这里后很认真地吃饭,以免被罚跪。大人们总是感叹寺庙的素斋竟如此好吃,柴火灶做出来的素食,似乎自带浓郁香气。

因为寂照庵,更多人找到了高鲁东,想请他帮忙设计房子。其中有一对本地白族夫妻,女主人妮子喜欢寂照庵的简单、质朴和禅意,喜欢庙里人人平等、无高低贵贱的氛围。她请来高鲁东,设计她家刚建好的白族房子。

那是我在大理难得看到的高鲁东的新作品,院子在他的操持之下呈现出迷宫般丰富层叠的奇妙之感。宽阔的地下室里,一棵树在角落里兀自生长,从地下探出头去,生长到一楼。玻璃水池在地下室屋顶环绕,既解决了采光难题,也带来了迷幻般的光影效果。阳光透过流水照进地下室,明明灭灭的光随水而动,带来奇妙如电影般的非现实之感,让人感叹设计师奇妙的想象力。

屋子里挂着高鲁东的几幅书法作品。抬笔的时候,他思考片刻,在入口处的白纸上写下白族话"啊卜卜",意味着"惊叹"。"你总得写点有趣的,不能写什么'宁静致远',这样的话到处都是,别人也不会多看一眼。"高鲁东说,"'啊卜卜'是他们的口语,一感到惊叹就会下意识地脱口而出'啊卜卜'。挂在入口处,也可以挑起话题,让客人和主人之间一进门就有话题可以交流。"

那栋房子里有无数这样的细节,储存着他富有机巧的构思。家庭房里曲折繁复的阁楼,获得了小朋友们的惊叹和喜爱,他们热情蓬勃地在阁楼处爬上爬下。"就是好玩,小朋友都好玩嘛。"他说,他的大部分设计心思也都跟童年经历有关,爱玩,好玩。

他就像拥有一颗永不泯灭的童心。哪怕已经六十岁了,做建筑二十多年,依然在四处奔跑,一年在全国各地看二十多个想要请他设计的项目。有时一个月就要走十个城市,也不觉得累,运动员生涯为他打下了良好的身体基础。他似乎从未想过老之将至,仍准备进入新的领域、尝试新的事情,不一定再做建筑。"没多少年好活了,好玩的事还多得是。"他说,就像他曾写过的那幅字——"余生有涯,风月无边。"

九

婚姻生活

我第一次见到长云和邝野的时候,心里的惊异、好奇、欢乐无以言表。他们给人的感受过于强烈,以至我回到家后,还沉浸在回味与惊奇之中。

他们看起来还像在路上的亚文化青年,好像下一刻就要出发,在西藏、新疆、云南、东南亚四处晃荡。他们背着巨大的背包,在山野中徒步,坐大巴车在各地辗转,住青旅,与世界各地的背包客们在屋顶天台上漫无目的地喝酒、聊天,一双帆布鞋沾满了泥垢与污迹,眼睛里闪着平和生动的光,像是在追寻精神世界圆满的"达摩流浪者"。

但他们却已经三十岁出头,有一个六岁的女儿。"你们有小孩?!"我感到震惊。怎么可能呢?他们看起来这么年轻,一副晃晃悠悠的模样,和我平常所见的中国父母们可太不一样了。

"所以,养育小孩会感到很幸福吗?"我很自然地提出了这个问题。他们让我感受到某种精神气质上的共鸣,我们都曾经长时间在路上,从东到西,从北到南,漫无目的地长途旅行,在路上,"永远年轻,永远流浪"。像他们这样的人,生养小孩是怎样的体验?

作为一名八五后,我的绝大多数同龄人都已经结婚生子,过着主流的、"正常的"家庭生活。我却始终无法想象自己去过那样一种生活,它太陌生、太隔阂了。生养小孩更有种外星球一样的怪异之感,我无法想象自己成为一位母亲。

当我和所有养育小孩的人们聊天,他们无论是诚实还是刻意表现,都会呈现出幸福模样。哪怕也会说到养孩子的麻烦与辛苦、对自己个人生活的侵占,但最后总是会说:"孩子带来的幸福是世界上所有的事情都无法比拟的,是最高程度、最深的幸福。"

或许是吧。毕竟绝大部分人都这样回答,那么,这大概算得上普世真理。所以当我向他们提出这个问题的时候,以为他们也会给出同样的答案。

没想到,他俩几乎同时脸一垮,眼睛里的光黯淡下去,哭丧着脸,异口同声地说:"很痛苦。"那种真实的难受感,毫不掩饰地表现出来。

我一愣,随即忍不住哈哈大笑。他们的难过过于真实,让我的预期完完全全地落了空，这种落差和转折太有戏剧性、太出乎意料了，你不得不爆笑。我也感觉到他们的某种天真与可爱，突破俗套，对自我真诚。那一瞬间，初次见面的陌生感立刻被打破，我喜欢他们。

后来，我们自然而然地成了朋友。和她，和他，都是朋友，而不是通常那样只和夫妻中的一方成为朋友。我喜欢作为个体的她和他，也喜欢作为整体的他们。我们在一起总有说不完的话。

我看着他们的女儿从六岁长到八岁，参加了她的三次生日聚会，当过她在新式学校猫猫果儿的期末考试观察员，发自内心地喜欢这个憨憨萌萌的小姑娘。我看到了一对天生没有"父母样"的父母如何与孩子平等相处，最后养育出了一个聪明伶俐、自主独立的小人儿。是的，哪怕他们觉得养育小孩很痛苦，但还是承担起了这个"艰难的责任"，最后也意外发现：是孩子促成了大人的成长。如果只是自己这一个个体，"你是没有动力去自我成长的"，她说，孩子也让她和他的亲密关系有了更丰富、更深刻的内容。

我太想写下他们的故事。走到三十岁以后，我见过太多亲密关系的失败，爱情与婚姻被生活消磨，孩子的到来又如何彰显了一对夫妻的差异以致一个家庭走向破裂……他们，却拥有少有的稳固而深刻的亲密关系，那是再多金钱也换不来的珍宝。

1

故事从哪里说起呢？

回到那一天吧，2011年3月，她和朋友从大理出发，准备搭车去拉萨。那是318国道上搭车旅行刚开始风行的时候。她这样热爱自由、喜欢四处晃荡的射手座女孩儿，豪气冲天地约了一个女生朋友便出发了。

她们搭过各种各样的车，遇到了形形色色的人——小汽车，皮卡，烂到车门都关不上、挡风玻璃都坏掉的面包车；汉族人，藏族人，独自自驾旅行的孤独大哥，寺庙的僧人……最初也有过忐忑不安，不知道是否会有人愿意搭载她们，但发现心态开放、善良的人还是很多的。那是穷游搭车风气尚未坏掉的一年，总有人愿意为站在路边等候、想要以有限的资金走更远的路的年轻人提供机会。

有趣或惊险的事情发生在路上。她们遇见过大雪封山，被堵在五千米的雪山上,"被雪晃到睁不开眼"。也曾搭到一辆底盘太低、在泥地上不断打滑的小汽车。有时山体滑坡突然到来,她们搭的车在落石中穿越过去。有时候刚搭上车,司机要收取昂贵的车费,她们只能下车,继续在路边等待,却没想到马上就搭到了一辆越野车,和车主一路相谈甚欢。

她依旧是那个停不下来的话痨。曾经,坐绿皮火车的时候她可以从车头一直聊到车尾,聊到深夜大家都睡着了,她便去找乘务员聊,直到乘务员都困得睁不开眼了,撑开眼皮问她:"你不困吗?"她眼睛一瞪:"不困啊!"搞得乘务员直想撞墙。

多年以后她回想起来,那是年轻的时候才干得出来的事。一路豪气冲天,想以最酷的方式走遍万水千山。没有人可以限制自己的自由,无论是意志还是行动——包括那时已经是她男朋友的他。他还在北京工作,每天通过网络和电话与她保持联络,关心她们的安全与进展。

最初,他曾想要表现出一个"男朋友"的关心与照顾,比如她们刚出发的一天夜里,他和她说:"明天你们那么早起来去搭车,我打电话叫你吧。"

"不用。"她毫不犹豫地拒绝了。

但他还是打了。她没有接,他便打给了她同行的朋友。她没忍住,和他大吵了一架。"我是一个成年人,出来玩有自己的计划,不需要你来干涉我。你这看似是在关心我,但这个行为太蠢了,我完全不能接受。"她说。她甚至在酝酿和他分手。

她曾经和几任男友分手,都是因为种种无法接受的行为和观念。有的吃饭抖腿("我一想到要一辈子和他一起吃饭就受不了"),有的特别大男子主义,有的很不成熟。她曾随一位男朋友回了他家,看见他妈妈在家里不算高的地位和不理想的处境,一离开就和他分手了。"你都可以想象,如果你和他结婚,慢慢地也会变成他妈妈的样子",她说,一个人从小耳濡目染,从而在他心里根深蒂固形成的东西是很难改变的。

"你很难去改变一个人,所以只有在一开始的时候擦亮眼睛,选一个和你很契合的人。但凡发现对方有一点我不能接受的地方,我立刻就会分手。"她说,"我在这方面特别果断决绝,热恋的时候很热烈,但不好的细节一出来,感情立刻归零,我扭头就说分手,不纠结。普通朋友可以做,但绝不在男女感情上纠缠。因为我从二十多岁开始谈恋爱,每一个都是奔着结婚去的,发现结婚不合适我就不要了。我要的结婚也不是现实意义上的结婚,而是我要跟这个人共度一生,是两性的亲密关系。"

直到遇见他,她发现他们实在太合适。即便有过那一次吵架,但他很快意识到彼此的边界所在,再没那样做过,她便"再没有任何一个理由说服自己跟他分手"。

2

他搭乘的飞机在西宁的上空一圈圈盘旋,却因沙尘暴无法降落,调头又飞回了北京。停留片刻后,再次启航,往西宁飞去。这一次,终于成功降落西宁。在她搭车到拉萨后不久,他们在西宁相聚。

来西宁,是他跟她商量的结果。"我想你了,五一有几天假,想去西宁见你。"他说。没有给她压力,只是表达自己的思念。他甚至是带着戒指来的,却没有做出常见的表白求婚的举动,只是随手递给她,说:"我就是想送你一个戒指,不需要你有什么回应。"

是他请求她从拉萨到西宁的。他有种隐约的危机感,如果她继续在路上晃荡,一路晃到新疆去,他说不定会失去她。她不知道他竟有这么强的危机感,只是经不起他的请求。"你知道吗,他不是那种理直气壮地,觉得我是你男朋友你就应该怎样,而是可怜巴巴地说:'我需要你。'"她说。

他的一切做法都让她感到尊重与放松,没有被压迫感与被绑架感,边界与自主权不被侵犯。她能真切地感受到他的爱与对她的需要,于是心甘情愿地跟他回了北京。

他们住在北京的那三个月里,他不再在办公室加班,每天七点一下班就赶回来,做饭,和她一起吃饭。周末和她四处闲逛,看电影,看展,逛公园。而他上班的时候,她闲在家里打扫卫生,和两只猫打架。

他和她都知道,这不是长久之计。她的理想是去大理开青旅。十年后,她和我聊起时仍然会说:"如果说我的人生有可以被称为'理想'的东西,那就是开青旅。我喜欢年轻人,喜欢和他们聊天,愿意为他们提供一个环境,让他们互相认识,一起玩。"而在当年,她自己是个二十岁出头的年轻人的时候,最大的心愿也是能够认识更多年轻人,"啊,一想到开青旅,可以和那么多年轻人一起玩,还有人陪我说话聊天,我就很开心"。

但在去大理之前,他们要解决第一个问题——结婚。

他想和她在一起、一直在一起,却不认同结婚本身。那时的他,是一个"不婚不育主义者"。"反正我们都这么好了,结不结都无所谓。"他是这么想的。但他们面临着双方父母的压力,她便劝他:"对啊,既然结不结都无所谓,那就结呗,结了就可以理直气壮地一起去大理开青旅。"她的逻辑竟让他无法反驳,好吧,那就结吧。

2011年秋天,他们回老家出席了一下自己的婚礼,处理掉北京的所有东西,把两只猫随后托运至大理,便各自背着一个二十公斤的行军包,准备一路往南去大理。

3

我只要稍一想象,便觉得那是多好的回忆啊。一对二十五岁的小夫妻,背着背包,一路跳跃,坐火车、汽车,住旅馆,在旅途上辗转,看望朋友,看不同的风景……

他们在贵州花了最长时间。黔东南和黔西南,没高速没铁路,去哪儿都要坐大巴。路虽是国道,却时常坑坑洼洼,从一个地方到另一个地方往往要花上大半天。可是风景和人文却好极了,他们留下了一生的美好回忆,就像她记下的在镇远的那个片刻:"夜里十点到达的古城,大街上没有人。住的客栈有很大的阳台,跟邝野坐在藤椅上对着河面喝着酒、聊着天,舒服得一塌糊涂。"

抵达大理,已经是2012年1月了。他们拿着积蓄和父母的资助,在大理找房、装修,把一家有十二个房间的青旅开了起来。一切搞完已是大半年后,他们几乎身无分文。买完一张床后,发现身上只剩二十元,只能默默祈祷住进新的客人来养活他们……"要是今天没有人入住,我都没钱退押金啦,哈哈哈!"她曾记录下那天的囧境,但希望也近在眼前 ——"马上就是十一国庆了!"

她确实在此后的青旅生涯中如鱼得水,时常和年轻人在公共大厅里聊得热火朝天。有一次兴致勃勃地组织大家一起去爬苍山,结束后,所有人都瘫在沙发上动也动不了,她却跟打了鸡血似的,一刻不停地跟旁人讲爬山的经历、风景多美、多好玩……"长云,你不累吗?"终于有人使出了全身的力气,对她发出天问。她一脸惊奇,说:"身体累,但嘴又不累,不影响说话啊!"

暑假,她看着一拨又一拨的年轻人前来,准备搭车去西藏。最多的一次,有十九个人准备一起结伴去搭车。"这么多人,你们怎么搭?"她感到不可思议,有男生说:"姐,我们已经想好策略啦,先派两个女生站在路边搭车,搭到了能走几个走几个,然后再下一组⋯⋯"

八年后,当青旅在时代浪潮的冲击下逐渐落寞,他们的青旅也因房东收回房子而不得不停业的时候,邝野对青旅生涯做了一段总结:

"住青旅的人大都很可爱,不在乎所谓的边界感,几乎没有戒备之心。姑娘都不会对混住多人间有什么疑虑,反倒是见过一个韩国的男生随身带着帘子把自己的床全部围起来,密不透风。穷游的请客吃饭比谁都大方,不会像网上一度吐槽的那样各种蹭,更像是快乐的苦行僧。刚认识三分钟的人就能约着同行,无关男女,暑假荷尔蒙旺盛的男生们一度携手把滇藏线骑到堵车。连嬉皮士们都又有礼貌又好聊,从不拗造型。那时候手机上还没什么靠吸引注意力赚钱的行当,青旅公共区的人坐下来就聊天,不害怕彼此是不熟悉的陌生人。"

但在经济发展、消费主义浪潮席卷全球的背景下,青旅的气氛也逐渐变了。他写道:

"免费的沙发客床位从需要提前预订到不再有人申请,公共区从自发聊天喝酒变成要老板组局狼人杀,环洱海的从租自行车蹬上一天变成租smart旅拍,店长回答的问题从哪里适合搭帐篷露营变成了哪里有房车拍照基地,只有顽强的少部分异类才会莫名其妙来个gap year。城市里的青旅变成求职公寓，景区的青旅变成网红风民宿，更多那种大座儿彩旗啤酒瓶风格的青旅，在高晓松那句'诗和远方'被说出酸味之前就关了。"

他们的青旅，在2019年停业。重新找了院子后，他们做起了所谓"更上一个层级""更有品质感"的民宿，继续在大理过着自给自足的生活。

4

他们的关系，在这十年里一点点地走向深入和稳固。十年后，当我作为亲密朋友和他们相处，简直像发现了一个奇迹：原来有这样美妙理想的亲密关系啊！

有时候，我在夜晚想去他们的院子里坐一会儿，聊聊天，撸撸猫。发信息给她，她说："家里没人，我们一家三口，在三个地方……"

有时和他们一起开车去接小姑娘放学，四个人坐在车里，我感受到一种与众不同的气场，自在、自由、放松，没有一点点那种……世俗而封闭的家庭感。我，或者别的谁坐在我这个位置，都不会感受到身处一个封闭整体之外。就好像，他们是三个乐得自在的个体，不需要将彼此捆绑起来，去减轻孤独与不安，去应对这个变化莫测的、充满危险与敌意的世界。他们是一个开放的、接纳的整体，在深处紧密相连，却又有足够的独立性与开放性。

她和他在开青旅头几年，就已经是这样的关系了——看起来都是独立的个体，常常各自行动，但关系的基础打得很牢，彼此互相信任。有时他们会分开旅行，各自去不同的地方玩耍或者见朋友。但只要分开超过一天，就想和对方打电话，一聊就是两三小时。哪怕是结婚十年后，也是如此。

孩子的意外到来，让他们的关系差点走向崩溃。突然就多了一个小生命，需要大人全权照顾，他们再也没办法好好看一场电影、肆无忌惮地出去玩耍，孩子几乎占据了所有的时间和精力。他已经是一个深度参与育儿的爸爸了，除了不能喂奶，几乎承包了给孩子换纸尿裤、哄孩子睡觉等所有事情。即便如此，他们都感到难以承受的痛苦。

最难受的时候，他们想到了离婚，幻想离婚可以解决眼下的育儿麻烦与痛苦。于是趁孩子睡着的一个夜里，他们拿出小本本和钢笔，开始一条条地罗列"我们分开的理由"和"不分开的理由"。

分开的理由：可以各自带孩子，另一个人不用时刻承受被孩子绑住的不自由；不会因为育儿理念的不同而产生矛盾，可以按照各自的想法带孩子……

他们罗列了一大堆分开的理由。但不分开的理由只有一条：我们不想和对方分开。至此，两人相视苦笑。既然如此，那就继续努力吧。就像打地鼠一样，出来一个问题，解决一个问题。比如，对他们来说很重大的问题——如何出去玩？解决方案便是带着小婴儿一起。那两三年里，他们把她挂在胸前，走过了许多地方，西安、武汉、山东、广州、海南、东南亚……

时间慢慢流走，孩子一点点长大了。是在小姑娘过了三岁、上了幼儿园之后，他们才突然感觉轻松一点。小姑娘越来越可爱，长在了他和她的萌点上。"像个土豆一样，圆圆的，憨憨的，很可爱。"她说，"幼儿园老师说，放学前开分享会，她常常坐在后面，专心致志地抠袜子，抠抠抠，抠出一个洞，就喜笑颜开。也喜欢分享，开心的事就是今天吃了好吃的蛋糕，不开心的事就是今天没吃到蛋糕……"

有时他俩倒回去聊，如果没有孩子，他们可能生活得更好一些。但七八年后,发现也不一定能在一起生活了。"太平了,没有孩子激发你成长的需求,因为没有孩子带来的问题。孩子带来了更深刻的成长性问题。没有她,我们不会发自内心地想去看自己的原生家庭,从原生家庭找到自己的问题,认真地自我定义,看到自己,解决问题。如果你只是一个个体,动力不大的。"她说。

5

仅仅是如此吗?他们的婚姻生活里,就没有所有夫妻都会有的琐碎的摩擦、细节的烦恼、漫长时日的消磨吗?当然不是。他们也不过是凡人,具有凡人都会有的缺点、相处时的碰撞与摩擦。

"长云,盐在哪里?""长云,你看到咖啡壶了吗?""长云……"日常生活中,他总是在向她提出各种问题。

"盐就在你手旁边啊。""咖啡壶在柜子里,你不都打开了吗,就在最下面这一层。"

这样的对话,光是我在他们家的时候,就听过好几次。"哪怕东西就在眼前,他也永远找不到。有时候他都绝望了,可怜兮兮地跑来求我:'你能帮我找一下吗?我觉得我肯定找不到。'"长云说。

"嗨,可不止这些。他吃东西永远不丢包装,比如一整包酸奶,里面有八个,他一个个拿,最后大袋子就放在冰箱里了。还有啊,有时我们都不想吃饭,他就一个人孤零零地吃泡面,吃完了碗放在桌上,连水池都不放,放到第二天、第三天,如果我没有经过厨房,他会一直放在那儿。"

"你们会为此吵架吗?"我问。

长云说:"之前和另一个朋友聊,她一听就快崩溃了,说你怎么能容忍呢?一定要帮他纠正过来。我问她,包装袋留在那里,对你有什么影响吗?其实没有啊。但大部分人都会很爆炸,需要去指责对方,'啊!这已经是第几个垃圾袋了?十年了,我帮你收了多少垃圾袋了?你能不能吃完东西把垃圾袋扔在垃圾桶里',这是最常见的夫妻吵架。其实还是试图改变对方,觉得我说的做的就是对的,你应该像我这样做。但这些事情,它没有对错。

"我刚开始会帮他收垃圾、帮他把碗洗了,但会提醒一下,可之后还是这样。后来,我开心就帮他洗,不开心就留在那里,让他自己洗。

"我们最大的改变是洗衣服。刚开始我会帮他洗,洗完后我会说'衣服我帮你洗了,你要不要晒一下'?他就会说'我没有让你帮我洗',或者'我没有想现在洗,我现在也不想晒'。听到这话你会不会生气?然后他就说'其实你可以不帮我洗'。'但你的衣服都堆到那么高了,你都没有衣服穿了呀。'他说:'那是我的事情。'

"现在我不帮他,但我一直都很难受,可这是我的病,我得自己治。他就很轻松了啊。很多夫妻就是这样,我帮你洗,但念你一辈子,你受着。男的也习惯了,她一念他就把耳朵闭起来,要么念烦了吵一架打一架,完了继续。这就是夫妻生活。"

说到这里,可别以为只有他这样,她也差不多。有一次我们骑电瓶车出去玩,回来下雨,她收好充电器,说:"你知道吗?我有好几次给车充电,忘了收插座,结果下雨就把插座给烧了,大概烧坏了五六个吧。"

"那邝野会不会很崩溃?"

"刚开始会,也会提醒,后来就不管了吧。"

想到邝野那张无奈的脸,我一阵大笑。

6

关于他们，我有太多太多想说的了。他们就像是提供了一个样本：一个人如何符合本性地活着，不被世俗所绑架，就连他们的关系也充满了这般与众不同的意味。请允许我再唠叨几句。

长云几乎所有的男朋友，都是她追来的，而不是被追。当她决定分手的时候，大部分男生都会来挽回，她却无法理解。"不合适就是不合适，你写长信、各种挽回有什么意义呢？"她说，而那些劝和的人所说的"你看他对你多好""他多在乎你、喜欢你"，也充满了道德绑架与不公。"他对你好、喜欢你，你就应该和他在一起吗？这不是强盗逻辑吗？我的意志和情感就不重要，只应该臣服于他的意志和情感？没这个道理。"

她和他刚开始恋爱的时候，常常从老家坐火车去北京看他。总有人会问："为什么都是你去看他，而不是他来看你？"她对这样的问题感到奇怪：我喜欢去看他，主动权也在我这里，我想去就去，不想去就不去，不挺好的嘛，为什么非得把女生置于被动位置？

他带给我的惊讶也不少。曾经，他最头疼的就是坐公交，因为在公交车上时间很长,她总会兴致勃勃地和他聊天。聊着聊着她就聊飞了,聊到一些私人话题。他这样边界感极强的人,无法在公共场合接一句话。

"其实我觉得还好,正聊得特别有兴趣,他就'嗯嗯''哦哦'不说话了。于是我就知道,又触碰到他的界线了。"她说,"但他一次都没有跟我说:你不要聊这个。他不介意我聊,但他不能聊,觉得特别尴尬。"

"因为我没办法对这个事情做价值评判:在公共场合聊它是不好的、不对的,所以我不能去要求别人,只能自己不去聊。"他说。

"但如果让他特别不舒服,他会说:'这超过我的承受极限了。'但他不会说 ——'你这样不好,以后你不要这样说'。他不会用自己的标准去要求你、指责你。"她说。

能有此认知并知行合一的人,太少见了。我再一次对他"肃然起敬"。

以后会怎样呢?他们从不觉得当下的亲密关系就是永恒,因为"没有什么事情是永远不变的"。"现在我们俩这么好,也可能明天就分开。但如果能分开,一定不是痛苦地,而是幸福地分开。因为如果分开让我们痛苦,我们就不会分开。"她说,

"分开之后的生活状态是什么样的,我们也不知道,但肯定会有那种关系——不是亲密关系的终结,只是另一种状态。就好像在练一种功,已经升到很高了,下一阶段是什么,不知道。它应该是自由度很高,也很轻松的状态。"

我当然也不知道。我只是享受和他们待在一块的美好时光,想让它成为永远的回忆。就像那个夏天的夜晚,我们在苍山上的酒馆喝酒聊天,一直聊到凌晨十二点。皓月当空,夜色温柔,他们各骑一辆摩托车和电动车,我坐在摩托车的后座上,一起踏上回家的路。

在路上,我们絮絮叨叨地说着话。那个时刻,我突然想象着他们带着小姑娘,在疫情无人的五月去怒江旅行的场景。蓝色两厢汽车穿行在怒江大峡谷,他们时而停下来,在江边生个小炉子,煮一壶咖啡。女儿上网课,他们喝着咖啡、看着风景,无声地等待。

那时我再次感受到,他们的存在,他们的爱情与婚姻,是我对这个世界依然充满期待与热爱的原因。

十

自 由

她在云南群山中的一座小城生活。没有通高铁的时候,从昆明坐小汽车出发,要在高速公路上开五个小时才能抵达。城市很小,骑自行车从北到南穿过整座城市也就一个小时。气候温润,冬天阳光灿烂,十几二十度的气温,一件短袖加针织衫便可打发。夏天会热一点,最高有三十五六度,但也正值雨季,时不时一场雨到来,凉爽便悄无声息地浸润了整片土地,有时冷得还要加外套。

小城安静,绿意盎然,亚热带和热带植物铺天盖地地生长,城市就像一个湿地公园。行道树遮蔽了整条道路,严丝合缝的绿甚至在细处构成了黑暗。凤凰木、铁海棠、火焰花、美人蕉……植物的种类或许多达上万种,名字或叫得出来或叫不出来。

她 2020 年春天从大理搬来这座山中小城。一切就像与"2"有缘。2000 年,她在旅行途中经过大理,喜欢上这座干净明亮的山海小城,留下来长居。二十年后,她决定重新上路，恰好陪朋友到山中小城找房子，三天后自己也买下了一个四十平方米的小公寓，作为存放东西和时而回归落脚之处。这座安静人少、绿植丰富、房价便宜的小城，作为养老和歇脚处，再合适不过了。

新冠疫情严重的时候，她便在小城停留生活。安稳感也会暗自滋长——在小城，日子安安稳稳，不用急着工作、挣钱，仅仅是不慌不忙地生活罢了。

疫情消散后，她又上路了。去不同的城市，寻找不同的食材，以"谁借我厨房"的形式，组织不同主题的宴席以及与食物相关的活动。她做的融合各国风味与特色的宴席，具有审美和口味上的双重享受。不仅如此，她还会带着客人们去当地特别的食物产地追根溯源，比如建水的豆腐、西双版纳的香料、大理的菌子……

在路上的工作与生活，既自由，却又和万物相连。而她是始终在路上的，那让她获得自由，也与各地的食物和人建立连接。就像她多年来的追求——"边旅行边工作"。

自由，是的，她一直给人强烈的自由之感。上世纪九十年代，她大学毕业后奔赴深圳，体验"打工人"的生活。两年后，她加入一家旅游公司，带着外国人，坐着货车改装的大篷车，在山野中扎营、搭帐篷、徒步，一上路就是一两个月。随后长居大理，在苍山上2600米的山腰开一间高地旅馆，一做就是七年。在一次去印度的旅行路上遇见后来的先生，随他去瑞士生活了六年，直至后来回归大理、移居一座山中小城……

她的每一步都像是在跟随自己的意愿起舞。没有负担，没有束缚，没有挣扎，想去哪里便去了，想做什么便做了。她在路上看风景，遇见不同的人，发生种种故事。没有刻意筹划与谋求，只是让一切发生，恰似那句英文"let it be"。四十多年了，一切，似乎没什么不好。

这是自由的丽萍的人生。

1

她始终保持轻简，无论是生活还是物质层面。她在小城那间小公寓的内部很简单，是一个人四十多年来在这个世界拥有的全部。一张一米五的双人床，一个定制的宽大书架和摆放其上的书与工艺品，一张书桌，一张椅子，一台冰箱和一台洗衣机，就是所有大件财物了。她说，让屋子尽可能简洁，不要太舒适，你才会尽可能多地出门，而不是被舒适绊住。

可是，它又有一种奇妙的生活之味。墙壁上挂着一幅小篆体竖轴心经，和几幅自己仿绘的毕加索的《梦》。挂画下在旧货市场里买的老式红色木箱，箱上绘制着喜鹊报春图。旁边，是去西双版纳时买的热带藤编茶几，还有榻榻米式的布艺坐垫，坐在那里可以望见不远处的茶山。藏香之味环绕房间，让屋子弥漫在一种风格混杂又鲜活的气息中。身处其中，竟有种沉静与安详。那种感觉就像——世界之大，你只拥有这一间小小的安静的屋子，被包裹在它的具有精神气质的空间中，也就足够了。

那像是她一直以来活着的方式。

二十多年前，她刚刚大学毕业，跟随滚滚人潮去了深圳。在深圳，当她的同学们谈论着更好的工作、房子、衣服这三大主题时，她却坚守着一条原则：找工作，一定要是包吃包住包工衣的。

她不想租房，不想给自己营造一个大件的负担。住在公司宿舍里，想走的时候一个背包、一个行李箱就可以走，多轻松。她也不想为了上班买衣服，"明明是给别人打工，为什么还要自己花钱去买昂贵的衣服呢"？几套工作服，就够了。

当初会选择去深圳，也是因为在上世纪九十年代，下海、打工、去深圳是整个社会的热潮。她好奇,即便已经有了想做的带着外国人在中国旅行探险的工作,但还是决定先去深圳待两年,当一名工厂文员,体验这座新兴城市朝气蓬勃的工厂生活,亲眼看一看销往世界的零件如何制造生产。

从一开始就是这样,她在物质层面维持极简,却对这个世界有充沛的好奇。

2

她从来没有忘记大学时候就有的梦想——边旅行边工作。在深圳的时候,当周围的人都在不断跳槽、为买房而奋斗,她却会去夏河的桑科草原骑马。

两年后,体验得差不多了,她便前往大篷车旅行公司,带着一群外国人,坐在长达十米的大货车改装的房车里,在中国的土地上游走。那是上世纪九十年代末,中国尚未开展大规模公路建设。许多城市与城市之间没有高速公路连接,更何况他们行走的是山野之地,连普通的柏油公路都不是。他们时不时就走上土路、石子路,汽车在青藏高原、丝绸之路上颠簸中前行,人在车里摇摇晃晃。

时常在野外露营。到了荒无人烟的露营地，他们打开货车车厢里的一排排柜子，拿出帐篷、炊具，驻留下来做饭过夜。那是世界各地的人们对中国充满好奇与向往的时代，退休的老人、刚毕业或者辞职后正在 gap year 的年轻人，愿意花上一到两个月时间，在中国的崇山峻岭中旅行。路程漫长而辛苦，生火、扎营、做饭，一切都要自己动手，与奢华和享受毫无关系，但所有人都沉浸其中。露营地偶有村民，人们往往怀着好奇心，远远围观这群"天外来客"。丽萍便会充当那个联结两个群体的翻译者，告诉村民他们是谁，来自何方，为何来这里旅行。

她带着他们走过云南深处的怒江峡谷，穿越三江并流，去往世外桃源"香格里拉"。也曾在大漠与戈壁上奔驰，在青藏高原上面对低矮天空与神圣之湖。那是彻底在路上的三年，最长一次是两个月，她和他们绝大部分时候露宿荒野，在草原、森林、雪山、湖边、峡谷、高山上与自然共处，领略中国的大好山河。

在旅途中，她第一次经过大理。几乎是第一眼，她就喜欢上了这个高原坝子上的小城。她至今记得与大理的初见："它不大，这么近的距离内有山有湖，坝子里还有居民、田野和生活气息浓郁的城镇,这种地方非常少见。那时的大理,人少,像电影城似的,好不真实,古城内临街商铺和一些民居都很新,白白的墙,白族人在上面画画、写诗。当地姑娘和阿奶穿的衣服整齐、清秀,把风花雪月穿在身上,我都很喜欢,觉得很浪漫。"

她第一次找到有归宿感的地方,也是她行走三年后决定停留下来的原因——大理。2000年9月,她成为大理最早的一批外来移民之一。

3

云南真是一片奇妙的土地啊。这里生活着二十六个少数民族,人们保存着多年流传下来的传统、服饰、饮食、生活方式和语言,在高山大川中静默地生活。还在路上的时候,丽萍就曾想象,如果一年去一个少数民族所在的地方生活,她要花二十六年才能略为深入地走遍云南。

云南也吸引了世界各地的人们来这里做田野调查、进行人类学研究。停留大理之后,丽萍认识了许多做研究的学生和学者。去保山了解咖啡种植和贸易的写作者,住在剑川县沙溪镇村子里做白族文化研究的法国作家，在苍山下村子里学习和研究白族语言的学者……和他们的相识，也帮她打开了一扇扇大门，让她在单纯的旅行之外，多了一双看待世界的眼睛。

她在大理也写下另一个传奇：在2600米高的苍山下，开了一间旅馆，取名"高地"，从此在山上生活了七年。

最初，她在古城经营咖啡馆。有一天，一个爱尔兰老人告诉她：山上有一座空房子出租，就在中和寺旁边。她一听便来了兴趣，第二天上山去看了。那是高山上视野开阔的一方天地，一个简朴的四合院，两栋白族瓦房曾是道人修行的地方。人烟稀少，除了喜欢探险爬山的外国人和偶尔坐中和索道上来的游客，少有人出现。寥落安静。

这就是她在寻找的地方。于高山之上，俯瞰整个大理坝子，开一间旅馆，接待真正热爱山野和徒步行走的人们，又能养活自己。她丝毫没有为交通的不便、环境的僻静荒芜而担忧。后来，她整理修葺房屋、布置旅馆时，所有的东西都通过索道运输上来。当她搬到山上后，一周下山一次，采购生活所需的食物和物品，也把山上的垃圾背下山。

很多年，山上没有网络，没有电视，他们几乎与世隔绝，世界的变化、重大新闻事件的发生，他们常常无从知晓。冬天到了下午两点天就黑了,她和请的两位白族姑娘、一位本地大叔就像进入了冬眠时间。漫漫长夜,他们靠看电影碟片、看书打发时光。白天的娱乐就是打球、踢毽子、绣花。日复一日,她如此生活了七年。

来旅馆的人形形色色,深具趣味。写作的、玩音乐的、做田野调查的……百分之九十五都是外国人。她带着他们在院子里点篝火、爬山、练瑜伽,去虎跳峡和梅里雪山徒步。那是纯粹而美好的时光,她在高山上过得自由自在。

4

生活在山上时,她也被人们称为"小尼姑"。山上理发不便,她便买来推子,把头发剪到最短,每周都自己推头发。那形象看上去的确像一个"小尼姑",以至有一次她回西安办身份证,披着橙色披风、留着寸头的她正在排队,却被人们恭敬地迎请到队伍最前面,提前办理。办完证件走出大门,看着玻璃大门里自己的形象,她才反应过来:他们是真的把她当成出家人了。

但她也曾在山上经历过暗恋和情感启蒙,无果之后,有过心碎、难过。那之后,她暂时离开大理,去了泰国、印度旅行。旅途中,她再也没有自己推头发。头发,慢慢地就长长了。之后不久,她受到了男性的注意。那时她才明白,原来男生对女生头发的执念是如此之深。头发,是性别特征的重要组成部分。

她遇到的,正是后来和她走过一段婚姻的先生。先生有过一段真正的出家经历。一切就像冥冥之中的安排,两个来自地球不同区域的人,过着相近的非主流生活,追求精神世界的探索与满足。他们在遥远的国家相遇,相识两周后他向她求婚。

他的一生是一代西方年轻人的样子。年轻的时候出门远行、环游世界,在不同的城市旅居,与不同国家的人恋爱。他在亚洲生活了很多年,曾在缅甸的寺庙修行,也曾落发为僧。本想着一辈子不结婚,却不曾想还俗后遇到丽萍,有了情感归属,过上了家庭生活。

"我们都是内心保持开放的人,对这个世界有好奇心,不为过往的事情纠结,始终想着往前走,一直走,看前面会发生什么。"丽萍说。

他们在印度的寺庙相遇后便一起旅行。两周后,在新德里，他买了一对戒指，两个人订了婚。随后，她按照原定计划回到大理，并让他来大理生活一段。他住在高地旅馆，帮她干活，她一直在观察他，看他是否是可以结为伴侣、一起生活的人。

那是他第一次来大理，生活在少有人踏足的山上，看到了中国最美的一部分，那之于修行的他是甘之如饴。他和丽萍一样，一来就喜欢上了这个地方，对山上的生活处之泰然、享受其中。

三个月后，她和他在西安结婚。那一年，她三十三岁。此后，他们共同度过了十多年的婚姻生活。

5

小城安静，除了飞机起飞的轰鸣声不时响起，打破这份宁静。机场就在城市边上，从市中心打车过去也不过十分钟。城市附近的郊区山野，遍布着咖啡种植园和茶园。市内的旅馆酒店，也时常住着全国各地来的茶商、咖啡商人。

如今生活在这座"茶与咖啡"之城，丽萍更是以食物为中心。她的日常是简单的。早上七点半起床去附近的湿地公园跑步、运动，做简单的餐食，在家看书、写作记录。有时坐公交车去城南的咖啡馆工作，有时去郊外的咖啡庄园、茶园探访，寻找香料和食物。

小城里随处可见的咖啡馆，不时激发她的好奇与想象。"咖啡是一种饮料，为什么就成了可以承载休闲、交流、艺术的一种饮品，为什么不是别的饮料，就是咖啡呢？"有时在咖啡馆里坐着，她就会冒出这样的念头来，随即去查阅相关书籍，渴望找到答案。

对食物追根溯源、以做餐食为生，源自她在瑞士的生活。她和他结婚后，在瑞士生活了六年，住在瑞士东部的湖畔城市圣加仑。他工作挣钱，她成为全职家庭主妇。他们依然住在靠近自然的地方。去瑞士之前，她便告诉他，要找一个离山近的地方，方便去森林散步，最好是老房子，有壁炉。后来他们的住所离森林只有五分钟距离，房子下面就是湖，屋里有烧柴和烧油的两种炉子。每到休假的时候，他们便在欧洲大陆的各个国家旅行，逛博物馆、艺术馆。

曾经在旅行公司工作和经营客栈时，她需要照料别人的饮食。成为家庭主妇后，她要照料自己和先生，也有了更多时间和心思去做餐食。有时朋友来家里玩，她会做上五六个菜招待他们，这对她来说是小事一桩，却总是会招来对方的惊呼：太辛苦你啦，很棒的料理，很好吃！

她对朋友他们的日常饮食很是感叹，简简单单的，早上一个面包，一杯咖啡。中午就在办公室或楼下快餐厅买一个三明治。晚餐稍丰盛一点，也不过就是一盘意面，或者牛排、沙拉。所以每当她发挥创意做几个简单的菜，总能招来他们的惊叹。

那是她做私厨想法的来源。日复一日做三餐，她总有各种想法冒出来，想要尝试不同菜式的做法。从大篷车时代起，她便跟着外国客人学做西餐。后来旅行的路上，也保存了许多食物的记忆，无论是在国内还是泰国、印度，抑或欧洲。各国饮食的内容和方式印在她的脑子里，让她时不时就想打破国界和固定做法，做一顿"无国界融合料理"。中国的西红柿炒鸡蛋，不如用印度的咖喱来做，吃起来也挺可口的。南欧和东南亚的风味，也不是不可以融合在一起……打破边界和传统，竟是如此有意思。

但瑞士对食物制作经营管制严格，他们所在城市人群又太小，没法做。在瑞士与大理往返多次后，她和他决定搬回大理。他做探索了三十年的禅修，她做素食私厨。

6

大理生活是舒适的。这一次,他们在苍山下的村子里找了一个院子,离古城约十五公里。房子坐落在村落尽头,背后是散发着植物香气的田野和森林,再往后就是苍山的雪人峰。门口有一块菜地,此后丽萍时常在地里操持种植,成了一名农妇。

在这个被田野森林环绕的院子里,丽萍和先生过上了田园生活。她也终于得以在院子里做私人定制的无国界料理。多年在路上的记忆,成了她的食物创造来源。把咖喱菠菜泥放进土豆,成了印度味道与南欧方式的融合;来自南欧、东南亚的酱汁,意大利的番茄酱、青酱,与云南本地的菌子混合在一起,具有中西合璧式的味道。

门前那块田地和家里的院子,成为丰富的食材来源。春天有韭菜、青笋、菠菜、豌豆尖,接着是豆角、生菜、蕃茄,然后是土豆、白菜、胡萝卜。院子里种了香草、欧芹、迷迭香、薄荷、金盏花,全都可以放到菜里来。大理这边盛产鲜花,玫瑰、金雀花、石榴花、白杜鹃等,也都成为她的料理食材。遇上雨季,云南的菌子到了采摘时节,"见手青、牛肝菌、鸡枞、松茸一类,一到那个季节大家就忍不住",她也会做菌子宴。

不下雨、气候不冷的时候,她的餐席摆在屋顶天台,将食物与人都敞开在大自然中。坐在阳伞下,一转头,便可看到楼下的玉米地、田野与不远处的森林、苍山以及山上层次分明的光线、云朵。

客人来自她的朋友圈,多年旅行和客栈工作积累下来的客人、在大理的朋友们,再加上朋友们的推荐、与客栈的合作以及网络上的推广……多年吃素生涯和对食物的研究制作,让她有足够的积累与自信。她家的厨房和餐厅里,总是有来自五湖四海的人们,前来品尝和学习素食制作,也学习与食物和自我的相处之道。

"中国发展很快,人们有太多的压力积累在心里了。有些人有所察觉,有些人没有察觉。大家需要一些方式去发掘、梳理和疏导这些压力,食物和内观是能抚慰人心、纾缓压力的。"丽萍说,她和他在大理的六年里,目睹过许多来自城市的人们在素食学习、内观疗愈的过程中号啕大哭。那六年,她的厨房成为许多人的疗愈之地。

7

当一个人按照自己的意愿生活，走过足够远的路，她是会长出坦然与定力的。那是一种隐隐约约散发出来的气息，坦坦荡荡，无所畏惧，自由游走。无论在哪座城市，世界的哪个角落，她都像小草一样落地生根、顽强生长，可以在任何地方活下来，就像一个拓荒者，开垦出一片土地来。

"你知道，人如果一直和自己的潜能生活在一起，能悟道，不断觉察当下的力量，就可以有突破。悟不到，就走不下去。在艺术创作里，它是灵感。在商业里，是一些规律和门道。"丽萍说，"这么多年行走，我悟到了一些东西，也看到了自己所拥有的天赋。这是我可以坦然的理由之一，哪怕一无所有，我也不害怕。"

那是2021年的初秋，在她如今生活的小城附近一处三十年的咖啡庄园里，她穿着乳白色吊带背心、绿色短裤，戴一顶圆盘编织帽和一副复古墨镜，耳环是手艺人做的铜色多层花瓣，整个装束具有浓烈的异国风情和充沛活力，衬着棕色的皮肤，仿佛是一个在海滩度假的女郎，只不过她的背后是亚热带的高山，处处是青绿的咖啡树、凤凰木和不知名字的绿植。

"就假装我们是在南美吧,梦想中的南美。"身处这高原山间,四周阳光耀眼,她兴致高昂地呼喊。她一直想去风情洋溢的南美,有时一想到稍微有些品质的、慵懒的鸡尾酒馆,放着音乐,喝点小酒,她的心就飞到了南美,哪怕酒馆破烂一点也无所谓,起码它有真正的无拘无束和慵懒品质。

可是疫情之下,哪里也去不了,南美之梦遥遥无期。

她在 2020 年初离开大理,转掉了院子。先生回了瑞士,她来到山中小城。他们把命运交给老天。

她早就有重新上路的想法了。还是在 2019 年的时候,她的心里就蠢蠢欲动,想要继续在路上行走。当一切按计划实行之后,谁也没料到疫情的发生。独自待在小城的日子,她有过不安。"什么都没有了。院子转了,熟悉的地方没有了,事儿也没了,疫情下哪儿也去不了。在这样一个环境里,不知道该干吗。"她回忆起那段时光,"我有一颗要行走的心,却被封闭在这座小城市里,当下和未来充满了强烈的不确定性。"

可重要的是,在不确定中找到确信。那是犹如信念一般深植内心的东西。在四周一片惶惶不安之时,她在小城的小屋子里慢慢安静下来,看书,写作,收集信息,翻阅有关食物的书籍。一些想法如电光石火一般,在她的脑子里迸发出来。"既然大家都不能行走,那就我走好了。"她想,反正一直想上路,为什么不在路上以食物为主题,做宴席和活动呢?

那是一切的开始。

8

她好像突然抛掉了所有的包袱与不安,进入了真正的自由翱翔状态。"任何事都有一个 timing(时机),你要抓住那个 timing。timing 对了,你付出的努力饱和度够,老天接收到足够饱满的信息量,就会把你应得的东西送给你。"

那个过程中也充满了觉察。"要有所察觉,不然美好也不会随便找来的。每一个当下都有无数信息,你的意识里想做什么,之前潜意识里又埋下什么种子,连接到的人的状态……你能否察觉到?说得更大一些,整个宇宙、天地里都饱含着信息与频率,你是否放开自己的身心去感受?"她说。

当她打开自己,万物的信息扑面而来。她亦能坦坦荡荡地,主动与人发生连接。她有时去朋友的有机食品店里,在购买食物时也突发其想:为什么不把自己的东西介绍给她,让食物和信息流动起来?"如果把信息当成流动的状态、当成能量去交换和分享,你就不会有压力,可以主动提出请求,让它们自然而然地流动起来。此时买卖也变得自然而然。"她说。

她的第一场流动宴席在昆明,她借用了朋友在十八楼家里的厨房。那是她的计划与设想:没有固定城市和场所,行走在路上,一路借厨房,为所在城市的客人们提供素食宴席和创作分享。她为它命名:谁借我厨房。

四月的春城,正是一年中最美好的时候。樱桃像花生粒那么大,绣球盛开、簇拥成片,高大的紫藤在翠湖边的老街蔓延,盛大如烟火。她喜欢逛春天的菜市场,尤爱芽类蔬菜和花朵,每次都会买很多才觉不辜负春天。也是在这样的季节,她有了一次春日宴席。宴席的菜单是诱人的,菜名引人遐想——"蚕豆奇亚籽泥配苏打饼干,烤紫薯南瓜,茉莉芒果糯米饭,冬阴功海带汤……"她做的食物总是能轻易俘获人们的视觉、味觉,触动人的内心感受。

一旦开始,信息和可能性便如她所愿地流动起来。她收到了来自杭州、潮汕、景德镇、大理、沙溪、成都等许多城市朋友的邀请。

在杭州,她在灵隐寺、香积寺旁的酒店、咖啡馆厨房里做素食分享,也初次动手尝试独具江南特色的食材,"番茄薄荷汤粉""香菇烧竹笋""豆皮炒空心菜",她依然是用自己的方式对食材进行排列组合。在景德镇,她在做菜之外,引入了朋友烧的陶器与瓷器,打开了日后对食器的想象和利用。

在西双版纳——植物王国、香草的天堂,她组织的是一场梦想过数年的香料之旅。"素食的灵魂在香草,云南的优越性在于有足够的阳光给予香草完美的生存条件,浓郁,纯粹。"她说。仅仅是在市场上,她就带着参加宴席的人们买到了十几种新鲜香草和二十多种干香料。柠檬、刺五加、酸角、香蓼、茴香、罗勒、小香菜、小黄姜……她用这些食材,制作出了丰富的香草食物。

"食物是一个特别好的载体,跟什么都可以连接上,因为做任何事都要吃。"她说。边走边做,以食物为触角,深入到不同城市和乡村,那是她在路上最好的方式。

9

有时候,她会回想起自己三十年来走过的路,以及从自然与山野中得到过的深厚滋养。

大理二十年,她无数次在苍山的溪流峡谷中行走,穿行在云雾山岚之间。无论是在高地旅馆,还是在山下乡村,她都得到了苍山的润泽和眷顾,收获山所赋予的灵性。她"感恩苍山如同一个默默陪伴的朋友,护佑着我"。她曾经从山脚徒步六个多小到达苍山上的花甸坝农场,那被鲜花溪水和牛羊铺满的山谷,在上世纪七十年代曾是草药种植基地。山谷尽头的村庄,以榨菜籽油出名。在这个山谷,她感受到"富足的宁静"。

她也曾在清晨的印度 Damasara 山谷散步,"隐约中被阵阵低沉的声音所吸引,浑厚的低音一浪接一浪,吞噬掉心中的杂念,心灵如同被洗涤一样清明。那是震撼的力量,是山谷的秘密"。

还有她去过的云南许多美丽的山谷。北边高黎贡山、三江并流区域的山谷,是世界植被多样性最丰富的区域之一。南边有红河谷,二三十个民族的部落在那里生活,她十五年前去的时候,原住民的风俗、本土的生态系统仍被尊重着,原始而淳朴的美好还没有被毁掉。

所以她给自己流动的厨房取名"糯云山谷",因为——"所有的山谷都要经过长途跋涉才能到达,当它全然向你敞开的那一刻,你不禁感慨:世界多美好"!那些山谷让人向往、眷恋,就像是寄托着最美好梦想的人间高地、世外桃源。它们带给她的启示是:"人的精神归属地是应该被保留的,山谷里的智慧不应该因为商业的到来而一去不复返。"

她的一生都奔波于途,物质极简,精神世界却愈加丰富。远离主流,在边缘和游离之中获得了自由,可以按照自己一直以来的愿望去生活。如此走过了前半生,她在尝试更广阔深远的连接,以食物为载体,把自己一生所学所悟传递出去。

就像她喜欢的一首曲子,云南人、琴人曾小刚创作的音乐《Himalaya》。独自一人的时候,她喜欢静坐焚香听曲。琴声浑厚悠远,缓慢却又欢快,犹如在高山之巅上翩翩起舞,是雪山的诗意短歌。

曾小刚所作的词句,也是她最尽兴的寄托与表达:

"独自对月 静坐琴前

一个音唤醒另一个音

一个音为另一个音引出路来

不知由来 不知所往"

十一

从绿皮火车开始的故事

我曾经觉得，大理不是一个适合年轻人打拼的地方。白族人民在这片土地上生活了几千年，找到了与它相适宜的节奏，在此安居乐业。许多外地人在人世里沉浮挣扎、千帆历尽后在此归隐。又或者遭受身心重创后，在此疗愈休养。艺术家们也在这里自得其乐。它太美，像世外桃源，具有天然的疗愈气质。节奏缓慢，似乎一到了高原，人的步伐不知不觉就慢了下来，工作与生活变得悠闲。

但它离鸡血满满、热情拼搏的大城市很远。可是年轻人嘛，或者说大部分年轻人，都想要在俗世里折腾一番，为功名利禄而奋斗。再不济，没有雄心壮志，也得为生活、为未来打下坚实的钱粮基础。大理，离这样的氛围有些遥远。

我在大理见过的外地年轻人，若没有资本和根基去开创一份自己的事业，往往会有三种可能：要么短暂停留，很快离开，返回城市去奋斗；要么是文艺青年，过着贫穷的生活，尝试创作，或闲着晃膀子；还有的在客栈、酒吧里打工，或者也不知道在干吗,像浮萍一样飘在大理。

但阿兴不是,他不属于上面任何一种人。

在我的大理生涯里,阿兴是我认识的九五后年轻人中气质很特别的一个。年轻,俊秀,常常戴一顶鸭舌帽,左耳打了一个耳洞,有时会戴上男式圆耳环,再搭配上军绿色外套,整个一副潮人模样。

那时,我总觉得他不像一个二十二岁的年轻人,因为我没有在他眼睛里看到过大部分他这个年龄的年轻人,甚至很多中年人眼里常常看见的东西:迷茫。真的,在我认识他的这些年里,无论他是独自一人,还是以闪电般的速度结婚生子、成为丈夫和爸爸之后,我看到的他,总是那个安之若素、步履坚定的男孩,就像一尊行走的佛像。

单身时,他工作的地方在距离大理古城三十公里的喜洲古镇附近,田野里的咖啡馆。每天,他都骑着电瓶车,来回两小时去上班。旁人感叹他辛苦,他只是笑笑:"还好啦。"

突然收到他要结婚的消息,我很诧异:"怎么会,前不久见到他时,不是还单身吗?"后来得知:是因为意外怀孕。我本以为他是迫于无奈,不得不结婚,后来才知道,孩子是他要留下来的,婚也是他要结的。对象是小鱼,同样生于1995年的女孩。

他们的恋爱与婚姻故事不乏偶然与巧合、浪漫与奇迹,但更让人印象深刻的是勇气与坚定。在"爱"越来越稀缺、"条件"成为许多人择偶的硬性要求时,两个二十二岁的年轻人从相识相恋到结婚生子,都满怀爱意和赤诚。单纯、纯粹,却也不乏对现实的清醒认知和勇于担当的魄力,那实在是少有的情感力量。

阿兴说,他们一生可能都是生活在边缘的小人物。但在我这个旁观者看来,那是比许多"大人物"更值得记录、值得讲述的故事。

1

阿兴来大理是 2016 年的冬末春初,准确地说是 1 月 22 日那天。这个日子,他和小鱼都记得很清楚。他们是在那天相遇的。

前一天,阿兴在广东一座城市中心的广场,收到了一个改变他一生的消息:一位关系要好的前同事,患白血病去世了。那是傍晚六点,夕阳的光芒打在高楼大厦上,人们来来去去步履匆匆,行走在下班归家的路上。阿兴呆立在广场中央,震惊如石像。世界照常运转,人们走在路上或喜或忧,谁也不知道一个二十一岁的年轻人刚刚死去。就在昨天晚上,他还在朋友圈里发着消息,此刻却消失了。

那给人以巨大的心灵冲击。好好的人,说没就没了,人这一辈子到底是为了什么呢?熙熙攘攘的广场上,阿兴既伤感也茫然。短短几分钟,他好像体会到了什么叫作"觉悟",意识到人的渺小,跟尘埃一样,在这个世界上什么东西都不是。最后会轻飘飘地离开,什么也带不走。他拿起手机给死党D打了一个电话:"走吧,去西藏,今天就走。"D已有抑郁症的趋势。就在那天上午,D还对他诉说过活着的厌倦和无力。"阿兴,人活着到底有什么意思呢?真的好没意思哦。"电话里,D的声音有着万念俱灰的颓丧。

有什么意思呢?阿兴也只是一个二十一岁的年轻人,没有高深的道理讲给他听。他自己也不是没有蠢蠢欲动、寻求改变的念想。初二辍学,至今六年,在城市里打工,夜夜和一群狐朋狗友喝酒。有时喝得烂醉,凌晨三四点才回家,早上八九点昏昏沉沉地去上班。混乱,迷茫,没有目标。这样浑浑噩噩的日子,他有些厌倦了。

他没想到，一瞬间会发生这么重大的事。那个傍晚，看着夕阳和人来人往，阿兴下定决心，走，和 D 即刻启程，去西藏。他利索地跟老板辞了职，回家收拾了简单的衣物行李，三个小时后就和 D 坐上了前往昆明的绿皮火车。他们准备从云南一路去西藏。

从那天开始，阿兴的人生走上了另一个轨道。他是广东人，喜欢待在广东，家人和朋友也都在这里，做事顺利，需要帮忙的时候总能找得到人。他从没想过离开广东。但这一天，他离开广东，去往边境高原。路途漫漫，归期不知。

第二天，2016 年 2 月 20 日，第二个重大转折埋下了伏笔。他在昆明到大理的火车上，遇到了小鱼。

2

小鱼是一个漂亮的女孩子。留着一头齐肩中长发，小巧的个子，小巧的脸，大眼睛像黑珍珠一样镶嵌在脸上，下巴上还有一颗美人痣。说话时，会专注地看着你的眼睛，忽闪忽闪的，像林中小鹿。

2016 年 2 月 20 号那天，大三学生小鱼本来可以待在大理家里，舒舒服服地躺着过寒假，却被表姐打破了计划。头天晚上，表姐找到她，请她陪着一块坐大巴去昆明，她带着两岁孩子和一堆行李，行动不便。

小鱼极不情愿。彼时，大理到昆明的高铁还没有开通，坐大巴过去要六个小时，路途漫长，令人疲惫。二十一岁念大学的年轻女孩，无法理解一个母亲带着孩子长途行路的辛苦与紧张。

那时的她不会知道，自己一生的命运将因这趟旅程而改变。"如果你期望去了某个地方遇到什么，基本上会落空。但有时无意间搭上了一辆车，一辈子突然就不一样了。这是无意间的魅力。"多年后回忆时，她的嘴角露出了微笑，"而且是在你极其不情愿的情况下，会出现很好的结果。"

她几乎是生着闷气把表姐送去昆明的，随后立刻搭上回大理的夜间火车。临时买票，连座位都没有，她站在车厢连接处，忍受着浑身的疲劳和困乏。火车交接处的过道上，没有座位的人们或站立或席地而坐，伴随着列车行进的有节奏的丁零咣啷，人们抽烟、说话，或者静默无声。

突然，有人拍了拍她的肩膀。"嘿，那边有一个座位，你过去坐嘛。"一个男生的声音。她下意识拒绝了陌生人的好意：

"不用了,谢谢。"

几分钟后,那个男生再次邀请她过去坐。她不好意思再拒绝,决定过去。坐下来后,她对面就是阿兴。来叫他的人,便是D。她后来才知道,是阿兴让D叫她过来坐的。

3

深夜的绿皮火车,硬座车厢,人们七七八八地坐着、躺着。座位上,过道上,到处都是人。天南海北的陌生人,围坐在一起,嗑着瓜子吃着泡面、零食,七嘴八舌地说着话。

她和他面对面坐着,听着旁边的人胡吹海聊。话题在某个瞬间转到了分手之后还能不能做朋友。她听着另一个男生颇为张扬的语调,言语里满是对女生的不屑,呼之即来、挥之即去的态度袒露无疑。"嗐,反正决定权肯定是在男生手里,女生再努力也没用。"他说。她开口便回:"女生干吗非得吊死在一棵树上,天涯何处无芳草,选择多了去了。"

他们的对话越来越不对头,尴尬的沉默降临四周。她有些不安,如坐针毡,就好像这样的气氛她应该负责似的。直到听见对面的阿兴说:"你还挺像我前女友的。"她下意识接话:"你也很像我前男友。"人群中爆发出一阵哄堂大笑，尴尬解除。

她后来才知道，他是有意帮她解围。而她不知道，她为何会说出那句话。但她从不为自己的大胆后悔。

那之后，她一再为自己的行为感到吃惊。她是冷淡内向的人，素来被朋友同学评价为高冷。大学除了同宿舍的朋友，她很少和别人说话。即便有追求者，她也很少搭理。但一切冷淡、内向、高冷，在阿兴面前土崩瓦解。她从来没有对一个人那样主动过。

火车站分别后，她很快就去找了他。从附近小县城的家，坐一个小时班车去大理，和他在古城见面。再次相见，他们都有些紧张羞涩，又有说不出的踏实与美好。就好像，只是见面，待在一块说话、走路、吃饭，心就变得安宁愉悦。天上飞的鸽子，苍山上的云，在不远处各自盘旋、缭绕，他们只是山下古城里两个普普通通却沉浸在幸福中的年轻人。

那天分别之前，他发出请求："做我女朋友吧。"她没有丝毫矜持和犹豫，几乎是迫不及待地说："好。"

没过几天，她又来找他了，带着自己做的蛋糕。蛋糕上，是用奶油、水果、巧克力做的一张车票：2016年2月20日，K9687，昆明—大理。她不是喜欢并擅长厨艺的人，却花了两天时间做了这样一个蛋糕,带到古城来送给他。

阿兴接过蛋糕,被奶油车票和眼前的女生震撼。她如此直率真诚,没有一丝虚假和遮掩,就这样把坦露的心交到他手里,毫无防备。阿兴彻底被打动了。

三年后,当他们的女儿已经一岁,阿兴回忆起这一切时说:"小鱼和我之前认识的所有女孩子都不一样,她们都很理智。我从未见过像小鱼这样痴情的人,对感情极其认真。"

4

阿兴和D终究没有去西藏,而是停在了大理。他们被这座山下小城迷住了。一下火车,看到连绵的苍山、山顶堆积的玉带一般的云,他为之震动。从火车站去往古城的路上,一面是青翠的山,一面是湛蓝的湖,这美景让他难以置信。

古城里,游客聚集的区域之外,弥漫着一股流浪儿的气息。青旅,街边地摊,到处是自由自在四处游荡的年轻人。没有目的,没有方向,却又安然于眼下懒散的生活。打打工,摆摆摊,挣点钱。喝酒,弹琴,唱歌,聊天,东游西荡。他们在这样的气氛中穿梭,像是呼吸到了城市之外另一种自由的气息,不再计划去西藏的事。

自由游荡的日子过了一段,钱花得差不多了,阿兴开始筹划打工。路过一家餐厅,看到招工的牌子,进去一问,就此留了下来,一待就是一年。老板时常不在,慢慢地,他成了那个最操心的人。买菜,采购,出餐,服务,结账,他什么都管,整个店铺的运作都落在了他的身上。他并无怨言,只是认真工作。

D决定去摆地摊,卖手工艺品。阿兴时常在下班休息的时间去D的地摊玩耍,和周围其他摊主交谈。他在那里认识了一位老师和他的妻子,他们年过不惑,走完了人生大部分旅程,完成了俗世任务,便来大理过闲散生活,画画、卖画、喝茶、学佛,过着逍遥自在的日子。他被他们吸引,从此定期去老师的茶室喝茶、学佛,也跟着师娘画画。

他二十年漂泊不安的人生,有了一种安稳与踏实感。远离了曾经夜夜笙歌、醉酒的无意义生活,开始用另一种他喜欢的方式生活。有工作、恋人,精神上亦有所追寻和依托。他感受到前所未有的平静。

半年后,D决定离开大理返回广东,阿兴却已离不开这座小城。半年的旅行和游荡,多少治愈了D。后来他回到佛山,上班下班，朝九晚五，过起了大部分城市人的生活。倒是阿兴，成了那个迈出常轨、脱离主流的逃逸者，在边陲之地安定下来。他和小城建立起了千丝万缕的联系，将根枝一点点地伸进苍山深处，牵绊的力量将他越来越牢地固定在这里。

此时小鱼已回到外省上学，还有一年半才大学毕业。他们异地了近两年时间，距离也曾抵消过儿女情长，他们一度以朋友的身份对待彼此，但却从未将他们之间的连接斩断。她知道，他在大理，一直在。而她，最后会回到大理。他们终将重逢。

5

她是在 2018 年春天回来的。带着一个隐秘的愿望：走向烟火，进入生活。她毫无疑问带着浪漫精神，无事时喜欢看电影。与人的接触极为有限，像是生活在自己的小世界里，自得其乐。她的工作是在网络上授课，换取在小城市还不错的收入。

他是她与这个现实世界为数不多的连接通道。当她回来，他们像是分别已久却又很熟悉的陌生人，重新触摸彼此。他给她做饭,饭后一起在洱海边散步。夜里窝在沙发上看电影,听音乐。民谣,摇滚,流行。她喜欢听《郭源潮》,时常一遍遍地听得入迷。大部分时候,他们的口味和兴趣相投。

她本来期待这样的生活可以持续很久。两个人,没有负担,各自有工作,工作之外恋爱,一起生活。他们都还年轻,二十三岁,正是人生最美妙的时候,还有很多时间可以一起出去走走,看不同的风景,体验不同的生活。

她完全没有想到,她和他的人生会在一瞬间被改变——她怀孕了。

事后说起那天,阿兴啼笑皆非。那天是端午节,他的书法老师和同门约好一起过节,阿兴却挂念着小鱼。她独自一人在下关城区,冷冷清清的。于是他早早地买好粽子、蔬菜和鱼,去小鱼家里做饭。晚上围坐餐桌,吃了一顿平平淡淡的晚餐。饭后一场电影,一次温存,兴之所至,没有防护措施。

一个半月后,阿兴收到了小鱼的信息:"有惊喜,做好心理准备了吗?"随即发来了验孕试纸的照片。两条红线,阳性,有孕的标志。

两年后回忆起来,阿兴仍然记得当时复杂的心情。开心,担忧,不知所措,种种情绪在心里翻江倒海。两种声音轮番上场：要这个孩子？不要这个孩子？要的话怎么养？不要的话，会不会后悔？

很奇怪，不一会儿，"留下这个孩子"的念头就占据了上风。那是一个生命啊，是你创造了这个生命，怎么能杀掉呢？留下来，肯定有办法的，我们有能力养活孩子。心意的明确是几个小时的事情，阿兴坚定地告诉小鱼："不要担心，不要慌，孩子我们留下来，我都可以安排，我们准备结婚的事。"

6

但小鱼徘徊不定。她恐惧婚姻，婚姻和家庭听上去面目可憎，充满了琐碎和消磨。她也不喜欢小孩。在接连两个夜晚辗转难眠后，她决定独自去打掉孩子。

去医院的那天是夏至，正值雨季，雨随兴地在高原小城里东飘西荡，水墨乌云笼罩在山海之间，你若抬头看哪里的乌云颜色深重，那一带便下着瓢泼大雨，而自己站立之地却可能是一片干燥。

提前半小时到达，小鱼在医院门口徘徊等待。她很不安，一直在哭，心就像这飘忽不定的雨，琢磨不定。她才二十三岁,刚刚大学毕业一年,自己还没真正长大,就怀上了一个孩子。而他和她,两个同龄人,什么都没有,无房无车,也没有足够的钱,却要开始养一个孩子吗?

但她也不是没有纠结。是否要告诉阿兴一声?他知道后会怎样?如果孩子没了,他会不会很难受?她越想越不安,还没成形的孩子不曾牵动她,但阿兴却让她的心隐隐作痛。

手机响了起来,是他打来的电话。五分钟前,他发信息问她在哪里。她没有回,她不知道该回什么,是否该告诉他真相。但此刻,她无法再拒绝他。

"你在哪里?"他的声音从电话里传来,平平静静的,就好像他一贯的语气,听不出情绪,永远都像是深山湖泊一般没有起伏。

"我在医院。"她静止了片刻,终究还是对他说了真话。

"不要做傻事,小鱼,你回家好不好?孩子我们可以生下来,没问题的,我们马上就筹划结婚。"他立刻就明白了,语气里多了焦急。

她又忍不住哭了起来。他听着她的哭声,说起了昨天夜里他的一个梦。梦里,她掉下悬崖,落入深渊。他想救她,却没来得及。

"那你没有跟着跳下来?"她撒娇般地嗔问他。

"啊……没有呢。"他很诚实地回答。

她扑哧一声笑了。他总是这样,平静诚实,自带一股憨气,傻傻的。但忽然之间,她被这个梦击中了,开始怀疑打掉孩子是不是一个错误的决定?最让她痛苦的念头又开始袭击她:孩子没了,他们也就结束了吧。

她再一次深刻地意识到:她爱他,害怕他和她分手。爱一个人,是多么卑微啊。她有些凄惶地审视着自己。

那一刻,她决定留下这个孩子,随即转身走出医院。厚重的乌云飘来,大雨落下来了。

7

她很长一段时间都不知道,他的勇气和淡定来自哪里。他初中没毕业就辍学闯荡去了,来大理后在餐厅和咖啡馆打工,拿着微薄的收入。而她怎么说也是一个大学毕业生,工作收入比他高。可她,怎么就那么喜欢他呢?

他一直是情绪平稳、难有起伏的人。从小在广东乡下长大,和爷爷奶奶一起生活,跟在城市打工的父母一年才见一次。没有过过生日,也没有母亲温暖的怀抱,爷爷奶奶虽也关爱他和弟弟,但终究是被农活和生存所牵绊的老人,并没有那么细致入微的体贴照顾。

他早就习惯了独自存活。就连初中辍学这件事,也是他自己思量后的决定。小镇初中,教学质量堪忧,他学不到什么东西。四周的同学整天都在打架、闹事、逃学、上网。这样待下去,也不见得有什么益处,他索性退学,去社会上打工挣钱,另谋出路。和父亲说,父亲也只是告诉他,你想好,为自己的决定负责。

他果真没有再回学校。在工地上帮过忙,体会过最底层体力劳动者的艰辛。又去了亲戚的广告小作坊,学习设计,当学徒和帮工。日日夜夜,在偌大的城市里,他只是一个微渺的存在。从小与父母分离,长大后仍然疏离。身边的朋友热衷于喝酒、吹牛,没有交谈、没有真心。他就像生活在荒漠。后来留在大理,就是因为这里让他看到了"不一样的生活"。遇见小鱼,也让他有了久违的温暖和感动,还有交谈的乐趣。

知道她怀孕的时候,他正在寺庙里诵经。苍山下,金碧辉煌的庙宇,披着袈衣的僧人们在大殿里熟练地念诵着,他只能勉强跟随。一位学佛的老师带他来的,他跟着老师学习了好长一段时间。那一次到寺庙诵经是一次短暂的修行。每天早上八点开始，一直到傍晚六点，持续十五天。对佛法的学习更让他无法扼杀一个生命。他也喜欢孩子，有一个自己的孩子、陪伴孩子长大，是他不排斥，甚至很向往的事情——作为留守儿童，那是他从小不曾经历过的。

他们很快就筹划结婚，见父母，办婚礼，一切以简单却不敷衍的方式完成。礼成，他们便安心等待孩子的到来。

生产的疼痛小鱼记忆犹新。那天夜里麻醉师上班的时候，她已经开到十指，无痛针打下去也没用了。她硬生生在巨痛中把孩子生下来，撕裂与锐痛让人痛不欲生。阿兴在门外守候，小鱼痛苦的喊叫听着难受，却又无法分担。

当医生推开产房大门，告诉他生了一个女儿时，他欣喜若狂，愿望成真了，他喜欢女儿，一直想要一个女儿。他匆忙冲进产房，看到小鱼头发散乱，脸色苍白，双眼紧闭，满脸疲惫。产床旁边，一个浑身皱巴巴的小婴儿躺在婴儿床里，双眼还未睁开，人类初始的蒙昧还遗留在脸上。

阿兴摸了摸小鱼的脸，帮她整理好头发，探下头去吻了她，"受苦了小鱼"，心里五味杂陈。女人是冒着生命危险在生孩子，男人应对此心怀感恩。那是很久以后，他仍记在心里的感触。

8

但小鱼后悔过。小孩出生之后的半年是堪称噩梦的时光,喂奶,换尿布,又喂奶,一切不断重来。孩子常常哭,哭声惊天动地,闻之心惊。夜里也哭,哭得大人没法睡觉。整整半年,他们夜里没有一个整觉。最严重的时候,她甚至幻想过抱着孩子从窗台跳下去。

"我后悔了,真的后悔了。"在睡不着的夜晚,她哭着对他说。到现在,她都无法回看那时录下的视频,一听到视频里孩子的哭声,噩梦般的回忆便涌上心头。如果不是有他在,她毫不怀疑自己已经抱着孩子离开了。他就像大海,给她带来了平和安稳,也承担了除了喂奶之外的一切事情。给孩子换尿布、洗澡,哄睡哭闹的小婴儿,做饭洗碗做卫生。他时常把孩子挂在胸口去菜市场买菜,卖菜的阿姨们总是会伸出手,拍拍孩子的头,逗两下,夸赞他两句。

有时候,她看着他抱着孩子操劳,依然是波澜不惊的模样,心想他终究是为他的决定担负起了责任。她为此欣慰,那也是她在噩梦般的半年里活下来的理由。

半年后,阿兴已逐渐释然。"虽然整个过程回忆起来很痛苦，一晚上没有觉睡，娃娃整天在你耳边哇哇地哭。但你看着她成长，能走路了，会学你发音、说话，学你的动作，叫你爸爸妈妈，又会很幸福很开心。"

许多细节让他感受到孩子所带来的快乐。"早上出门前，她看我消失在门后，就哇哇大哭。我从门后一跳出来，她马上转哭为笑。一躲起来，她又哭。这种时刻就好幸福，生命很神奇。"他说，"晚上回去，坐在沙发上，她会从沙发那一头，翻山越岭地爬啊爬，爬过来让你抱抱。那种被需要的感觉真的很好。"

他喜欢给孩子洗澡，每天夜里的洗澡时间，是他一天中最幸福的时刻。通体皮肤晶莹剔透的婴儿，对水的新鲜与好奇，与水嬉戏时纯真的快乐，令人心里柔软感动。

孩子带给阿兴太多东西。人们常常会规划自己的一生，多少岁谈恋爱，多少岁结婚，多少岁生孩子，按部就班地去生活。但意外这个东西会突然到来，让人生颠覆。如何去看待和接受，需要智慧，也让人成长。那是阿兴从一个意外到来的孩子身上，学到的重要一课。

9

他们的第一课,便是调整家庭分工。

她从一开始就知道,相比于带孩子的琐碎与烦恼,她更愿意去讲一堂课。而他是如此喜欢孩子,孩子还没有出世的时候,他就暗暗许愿:一定要自己带孩子,陪着她走过人世最初的时光。哪怕辞掉工作,当一名全职爸爸,承受外人异样的眼光,他也宁愿如此。他也像是在她身上弥补自己所缺失的童年,那无人陪伴、父母不在身旁的清冷时光。

他们延续着这样的分工:她工作、上课,他带孩子、做家务。她和他就像搭积木一样,合力搭建起了一个小家。那是需要相当的平衡力量、相当的智慧与坚韧,才能做到的事。她和他,竟在这三年里,一点一滴、一砖一瓦地建起了一个雏形。

这样与众不同的家庭模式,必然会招来莫名其妙的非议。就像那天,他们带着孩子去玩耍,偶遇了他的朋友。那个男人问起他的近况,得知他在家带孩子后,满脸惊异,张口说道:"你怎么能让你老婆这么辛苦地出去工作,自己却闲在家里呢?"

他依旧平静,还没来得及说什么,她先发了声:"我不觉得工作很辛苦，在家带孩子才辛苦。没有体会过的人不会知道。"对方脸上讪讪地说不出话来。谁说只能"男主外、女主内"呢？面对这样的话，她总是忍不住怼回去。

家人带给了她丰厚的滋养。有时候，当她讲完课从小卧室里出来，看到他和女儿在客厅里玩耍。又或者，他正在厨房里洗菜做饭，女儿独自坐在玩具堆里过家家。她便走过去，抱起她柔软的小身体，和她嬉戏玩闹。那样的时刻，她感受到另一种沉甸甸的美好。原来有家庭和孩子，也并非只是沉重和消磨，它也可以是一种踏实的幸福。

她曾经不想要的孩子帮她打开了一个新世界。生之前，她担忧没有一份好的工作，也没有积蓄，怎么能把孩子养大？孩子出生后，她才觉得怎么都能养大，人的潜力和动力是无穷的。

"有了小孩后，自己的人生好像更圆满了一点点，能够了解你小时候是什么样子，也能去理解很多人。有的人可能有缺失，但他遇到了一个对的人，生了孩子后会更注意弥补自己的缺失。但有的人可能意识不到，会让这种错误在孩子身上再发生一遍。"她说，"人，还是需要有自我察觉和自我控制。"

10

他们在小城租了一套两居室的房子，一家三口住在里面。窗外能看到幽绿的苍山，下午的阳光会斜照进来，冬日午后坐在沙发上就能晒太阳取暖。

屋子里处处可见孩童的玩具，小姑娘在这里从一岁长到两岁，就像竹节一样迅速生长。她安静喜悦，时常一个人抱着玩具玩好久。阿兴就守在她的身旁，陪伴她。他在她身上看到一个幼儿是如何长大的，就像目睹了自己没有记忆的幼年。

疫情严重的时候，他买了露营装备，阳光明亮的下午，和小鱼推着婴儿车，步行三四公里去湖边露营，晒太阳，看远处苍山上的云，给女儿拍照，带她玩水，发呆。一个下午的时间很快便过去了。他们常常在晚霞纷飞、暮色苍茫的时刻步行回家。

有时去苍山上玩耍。小姑娘很新鲜地在山里行走、奔跑，看到花朵就会飞奔过去。他跟上前去，蹲下来抚摸着花瓣，告诉她花朵的名字，三角梅、茶花……为了给孩子讲解，他不得不学习更多的知识。他开始自考汉语言文学专科，等到女儿上学后能给她辅导作业。那些时候他才意识到，做父母果然还是要逼自己更优秀，才能成为孩子的榜样。

她看着他对孩子的悉心照料，总是感到安慰。有时候夜里和他还有女儿躺在一起，看着他们熟睡的模样，她会在脑海里放映走过的路。曾经那个不食人间烟火、追求浪漫的小女孩，如今竟也成了一个承担起家庭的母亲，她没有想到自己会这么早扮演起这样的角色。幸运的是，当初她的一腔孤勇，并没有变成悲惨下场，她没有看错人。她和他，也终究平滑地走入了柴米油盐的日常生活，生儿育女，共同分担生活的重量。那意外飞来的爱情，没有分崩离析、崩溃决堤。拥有过这一切，便足以慰平生。

他们也会思虑未来，为女儿的成长而奋斗努力。小鱼会怀疑，孩子有一天长大、上学，他们对她的期待或许会增长，希望她学习成绩好、考上好的学校，攀比与虚荣说不定会在他们身上生长。

阿兴却说："每个人都觉得自己的孩子不是一般人，但平凡是大多数，不平凡的是很少很少的一部分。所以对孩子，只要她健康成长，不用为了生活去担忧，平淡，就很好。也要有梦想，万一实现了呢？"

那时我们坐在餐馆里，有一搭没一搭地聊天说话。他依旧是眼神专注，神情淡然。停顿了一下，他又说："人要有一个过程，接受自己不是很特别很厉害很有成就的那种人，接受自己的平凡。"

小鱼沉默片刻，说："还是要有平常心吧。越想要得到一个东西，老天越不给。越有平常心，可能在下一个转角就得到了。遇到之后你会觉得，以前经历的一切都不足以去说。"

他们就这样在小城过着平凡的生活。很少发朋友圈，偶尔，阿兴会把生活日常剪成画质清晰优美、节奏适当、配乐动人的视频。酿一壶青梅酒，风清云淡阳光灿烂的时候带着女儿去洱海边露营，地震后和小鱼推着婴儿车去户外避险……你便会知道，他们依然在平静且认真地生活，大人和孩子都在结实地生长。

那已然是平凡生活中的伟大。

十二

波罗寺

我至今怀念2017年春节在苍山深处的寺庙短居的日子。于热闹喧嚣之中，在如同世外的山上生活，孤独清静，却感满足。

那时，距离我辞职离开北京、又一次成为无业游民已有半年。人生已然进入一种停滞状态，不知该何去何从。但内心却不感着急惶恐，倒很享受这悠游闲散的状态。不问前路，只是活在当下，并等待获得开悟、做出决定的时刻到来。那也是我在深山寺庙中学到的最重要一课："等待与希望，是人类全部智慧所在。"

我离开北京是在2016年的秋天。工作过度疲劳，无力支撑下去，只能选择离开。那天，天气很好，天空高远，澄澈干净。从北四环去机场，一路看着两旁熟悉的景致，心里异常清楚：这一走，不知道何时才能回来了。接下来将在哪里生活、以何为生，也是未知数。只是停下来，回四川休息。

那是一年闲散生活的开始。看书，会友，约会，短途旅行。可以进行一切放松身心的玩乐,却做不了一件需要集中精力、用心动脑的事情。一直到大半年后才意识到:身体自有其规律,非人心所能控制。而看不见的心力,和看得见的体力一样,是人之基本,一旦损坏,需要很长时间来修复。没有办法,你只能尊重它、等待它跟上来,急不得的。

可是"急",是我们这个时代多么普遍的特征啊。急着成长、成家、成功,急着赶路,急着得到一切功成名就被别人羡慕。而我也被"急"所损害,却在急速前进中跟不上节奏,也意识到自己正走在错误的方向。有时候,我们只是着急往前走、与时代潮流合拍,害怕成为被时代抛弃的人,却忽略了最重要的东西:你是否走在了自己向往的路上?别人的认可,与自己内心的追求,到底孰轻孰重?

没有答案,我只是停了下来,中途退场。

那段暂停下来的过渡时期,我待在川北一处深山峡谷,在河边的旅馆住下。河面上每天清晨和傍晚都会起雾,奶白轻薄的雾在河上浮游飘荡,慢慢消失于无形。深蓝暮色降临之时,有农夫牵着几匹马回家,马脖子上的铜铃发出叮叮当当的清脆声音。夜晚时常下雨,雨声细密,落在屋后森林草木上,齐声奏响细碎之歌,优美至极。

那是一次在大自然中的出离。某种空灵之境,让人完全从尘世中解脱,只是置身山野,与峡谷、河流、瀑布、雨雾相处,内心空空如也,所有郁积在心上的沉重块垒暂时消失无形。

去大理是一次遵从内心的选择,我最终决定在这里开始新的生活。

在北京工作的六年,我曾一次次来大理旅行、短居。这座云南高原上的小城像是有某种魔力,吸引人反复前往。绵延几十公里的苍山,与之平行、水域辽阔的洱海,山海之间的古城,构成了一个奇妙的场所。有时走在古城里,一抬头就看到高大青翠的山,我仍会为之震动。城市和自然就在咫尺之隔,生活似乎更能保持平衡。

还有大理的晚霞和云。2008年夏天,我第一次来大理,便被这变幻瑰丽的晚霞所迷住。夕阳西下,隐于苍山背后,余光却染红了整片天空。色彩是不断变化的,金色、玫瑰红、暖橙、淡蓝、水墨……原来这世上还有这般奇美之境。

但我终究没有勇气在那些年弃大城市而居边远小城。或许一直生活在主流社会里,我对边缘化感到恐惧。大城市人声喧嚣、热闹,身居其中感到安全,还有人群带来的温暖。在边境高原小城,却会有漂泊边缘之感。在这样的地方,人生不会再有新的可能吧?

一切或许也是时机问题。人在年轻的时候,对大城市的无限可能充满向往,想要去更大的地方闯荡、观察,去遇到各种各样的人、做有意思的事。大城市,依然提供着最好的平台与场合,让各种可能性发生。它带来的,是阅历的增长、经验的丰富,以及更好的经济基础。

但付出的代价却是身心的疲劳与分裂。我始终没能在上海和北京,去实现自己一直以来的愿望:过简单的生活,单纯地写作。居大不易,在大城市需要为了生存而奔波,也会为了欲望而奔走。唯难做到的,是为了自己的心而活。

直到2016年冬天。短暂休养后从四川重返北京,我依然无法恢复到工作状态。雾霾四起,天地一片昏黄。几乎是在一夜之间,我买好机票,打包好行李,将屋子清空,决定彻底离开北京,去大理。过往不可持续,未来一片空白。我一无所有,没有家庭没有孩子,没有放不下的人与事,也没有可失去的东西。何不索性按照自己的意愿生活?第一步,便是去喜欢的地方,按照喜欢的方式生存。

真正的治愈,往往是从承认自己的感受与喜好开始。不再与自我虚妄的渴望缠斗，不再为了迎合外界而扭曲自己，分裂的躯体与内心走向合一。当我来到大理，治愈开始发生。

我在冬天去往那座寺庙。它并不知名，只能靠走。车行至山上最后一段水泥路后，再步行一个半小时。行走在山路之上，闻着松柏花草的清香，聆听不时传来的鸟语，时而停下来喝水，看苍翠绿树映衬下蓝得一尘不染的天空，不多一会儿便到了。寺庙地处悬崖，临空而建，面对一大片峡谷和起伏的青山，视野开阔，使人心胸畅然。

那座小院子亦不像寺庙，而是一个小而精致的四合院。建筑只有主殿和左右两栋木质小楼，朱红与黄色的清漆之下，小巧而不乏岁月感。木头结构，门窗皆为镂空雕花。屋顶檐角处挂着铜铃，随风而响，声音清脆悠远，深山古寺的韵味也随之溢出。

高原冬天的阳光强烈，打在寺庙的门窗上，黑白分明，光影浓烈。我和同去的朋友坐于屋檐下喝茶，茶与热水均是寺庙免费提供。聊天或者沉默，只觉光影之下静谧无声，时间悄然流逝。

庭中立着一株玉兰树，花季从12月一直持续到次年2月。花开之时，纯白洁净的花朵让整座院子都陷于静谧而优雅的氛围之中。时而掉落一片花瓣,余留下一地的芬芳。师父会不时捡拾花瓣,交予友人作为药引。

我被寺庙迷住,像是梦中场所在现实中呈现。那时的我,从北京来到大理不久,尚不知何去何从,人生处于停滞状态。却也不急,只想在疲惫之后好生休养,缓步前行,等待答案到来。

寺庙的静谧与光影,带来强烈的冲击。冬天的空气里没有杂质,阳光纯粹透明,人心也好像被照得通透纯净,什么也不用想,只是停留在这空白里。我萌生了在此停留的意愿,便前去询问师父,是否可以小住。

"寺庙是山下万佛寺的住持所建,居住需要得到他的同意。你下山后可以前去询问,如果找不到他,又只住几天的话,你再上来。"身穿棕黄色僧袍的师父说。他是寺里唯一的僧人,此外还有一对年老的夫妇和一个男义工烧火做饭。"你来,可以帮着洗菜烧水做饭。"他说。

一周后,我带着几件换洗衣物和一本《基督山伯爵》上山。走进寺庙,师父看到我,颔首微笑,领我住进了寺庙东侧的木楼。

寺庙生活有着与世不一的节奏感。每天早上六点半,师父敲响院子里的钟,念经诵佛,在悠悠钟声中开始新的一天。这时天还是黑的,月亮尚未隐没,太阳要在一个半小时后才从洱海另一边的山峦探出头来。

当红日初升,将一切晕染成温柔的橙黄时,师父和义工便拿着砍柴刀和绳索,去附近森林砍柴找火了。另一位做工的爷爷打扫院子,烧满满一锅热水,以便游人到来后能喝上一壶热茶。

我是多出来的闲人,只在升火做饭时才派得上用场。这时我会往苍山深处走,沿着泥土山路,踩着松针落叶,走进更为久远的森林中去。沿途多是墨绿的松树林,各种小鸟唧啾鸣叫,在林间欢快地飞来飞去。有时走得远了,便沿着莫残溪去寻访瀑布的踪迹。一路上杳无人烟,也无一条好走的路,只能在乱石溪流、悬崖边上小心行走。那一周里,走坏了一双鞋,磨坏了一条牛仔裤。

森林游荡完毕,我在九点半回到寺院里洗菜做饭。素食,简单的蔬菜,青豆花菜莴苣,土豆茄子萝卜藕,轮换着做。烧柴火,火极旺盛,对不熟悉这火之猛烈的人犹如十万火急,手忙脚乱。极简的调料,油、盐、酱油。做出来的饭菜却极好吃,有蔬菜和柴火的味道,大概这就是柴火灶的厉害。

早饭后游人开始出现。平日里六七个,周末十几二十人,多是大理本地人。登山,进庙,拜佛,随喜一份功德。

清静无人时我在院里玉兰树下看书,人多的时候就带上书去附近的隐秘花园。那是一大片幽静的松树林,松针落满一地,冬季干燥而温暖,躺在上面看书舒服极了。有时会睡了过去,直到凉意沁人才醒来。

四点半吃过一天的第二顿饭。六点半,师父击鼓敲钟,念经诵佛,昭告一天的结束。寺院闭门,诸人回房。院子重归宁静。

有天夜晚九点,我独自走出房门,站在玉兰花树下,看这月光下的小院。此时山下应是热闹喧嚣,山上的夜却已十分深沉,四周除了徐徐风声与树枝摇动,再无其他声响,至深的宁静笼罩山野。月亮清辉照耀万物,玉兰树下光影斑驳,细细碎碎的月光随风而动。

没有大风凄厉呼啸,四周万籁俱寂,月华如水,美得让人凝神屏息。

山中的月夜与孤寂,空灵优美,我的心里一下就安静了,北京好像变得很遥远。那时便意识到:我大概会在这里开始新生活吧。大都市的忙碌与急躁,雾霾带来的阴郁,繁重工作所造成的身心疲惫，似乎在那个瞬间一点点消解。与自然亲近的环境，让紧绷的神经得到舒缓，我在北京时已然黯淡下去的生机与活力缓缓恢复。

山上手机信号微弱，4G网络是没有的，上网几无可能，电话偶尔能打通。做饭，烧水，在森林中散步，看书，与师父聊天，构成了日常生活。

夜晚黑暗清寂，六点半各人归房后，师父才会打开电源，屋子里才有了灯。昏黄的灯光下，除了阅读和冥想，再无其他可做之事。随身携带的，只有一本《基督山伯爵》。这本三百年前的经典之作，讲述着复仇、困境与突围，篇幅虽长，读起来却引人入胜。

"幸福就像那些魔岛上的宫殿，由巨龙把守着门口，必须斗争才能得到。"主角唐泰斯，后来的基督山伯爵，在小说开头说了这句话。那时，刚刚远行归来的他，即将升为船长，迎娶相爱的美人，一切看起来美好无比。但他却感到不安，总觉得一切来得太容易、太顺利，因此发出了上述感叹。

果然，第二天他便遭受陷害而身陷囹圄，堕入长达十四年的牢狱深渊。父亲在他出事后去世，爱人也被迫嫁给别人。他最初的不安和预感，在现实里被验证。

是啊，人人都想要幸福，却不知幸福的得来并不容易。就像我自己的生活。无论是在山中寺庙阅读，还是那两个月的大理生活，我时常感到满足。灼灼闪耀的星空，澄黄的月亮，打在地上犹如白夜的月光，冬天盛开的冬樱花，金黄灿烂的银杏和梅子树，连绵起伏的苍山，奇幻空灵的云朵与晚霞，湛蓝晶莹的洱海……这一切都带来莫大的幸福感，充盈身心。

但，若没有经历过雾霾的肮脏与昏暗，便体会不到这清风明月的珍贵。而为了得到这样的幸福，我也曾走过了漫长的路。二十岁时就梦想来这座小城生活，却不敢将自己放逐于边远之地。直到年龄增长，在大城市里打拼翻滚过后，才敢走向空无。

那些夜晚，我独自在禅房里读这本书，被书中精彩段落所触动。

"如果你渴望得到某样东西，你得让它自由。如果它回到你身边，它就是属于你的。如果它不会回来，你就从未拥有过它。"

"要开发深藏在人类智慧里的宝藏，就需要遭遇不幸；要想引爆炸药，就需要压力。"

直到读完全书，看到结尾处那著名的句子，巨大的力量感被注入心头。

"世界上无所谓幸福，也无所谓不幸，只有一种境况与另一种境况相比较。只有那些曾经在大海里抱着木板经受凄风苦雨的人，才能体会到幸福有多么的可贵。尽情地享受生命的快乐吧，永远记住，在上帝揭开人类未来的图景前，人类的智慧就包含在两个词中：等待和希望。"

在那座寺庙里，我一直住到师父说："可以了，你可以下山了。"我才下山去。而那优美动人、静谧安宁的山居岁月就像一颗种子，把宁静与沉稳种在了我的心里。它虽短暂却意义非凡，以某种不为人知的形式在我身上保留了下来。我越来越清晰地知道：再也回不去了，回不到曾经在大城市的工作与生活，回不去公司了。既然如此，那么便破釜沉舟地，以个体身份在这个世界上活下来吧。

下山后不久，我成了一名自由撰稿人。在北京的六年媒体工作经历，让我拥有成熟的职业技能和资源积累，具备了自由职业的资格。从此我是自由的，可以采访写作自己感兴趣的主题、人物、故事。

我也开始了在大理的安稳生活。有时清晨去古城的菜市场买菜，或者夜晚在巷子里等人，抬头看到或明或暗的苍山，心里就莫名地感到高兴:"真是喜欢啊!"时常去爬山,走进苍山茂密的森林里,闻到草木清香,看着满眼青绿,便觉踏实愉悦。

半年后,我用在北京工作得来的积蓄在洱海边买了一间屋子。它就像是我的隐世之所,让我可以不时从热闹的古城离开,来到这里读书写作。从早到晚,坐在房间里,面朝苍山洱海,看着湖水在阳光下晶莹湛蓝、闪着光芒,看着苍山雄浑壮丽,在夕阳之下变成深沉黛色。

那是我在离开北京后,给自己创造的新生活。完完全全地,按照自己的意愿创造的生活。

从那之后,我不再被分裂感、挣扎与纠结所困扰。生活简单,人际关系清爽,对所做之事怀有丰盈、单纯、可持续的热情,以自己所能掌控的、不紧不慢的节奏推进着。也有烦恼、困难,但去解决就好了,不会因此自我怀疑和自我消耗。

三年后,决定离开大理、回到成都生活的时候,我不再是身心疲劳、破损的人。城市本身也不再是决定性因素,无论在哪里,心安,便有身安。内心的坚定与踏实,带来了更大的自由。而这一切,是大理的山水与人文带来的滋养。身心合一的美妙,是难以描述的胜境。

这四五年里，我和不同的朋友一起爬过山、去往波罗寺，每一次都是愉悦的旅行。我们在上山路上漫无目的地聊天，山野之中，对话总是自然而然地走向深入，对彼此的了解通往更幽深的隧道，友情在不知不觉中变得深厚。我也曾带着远道而来的外地朋友从山脚走向山顶，夜宿波罗寺外那时还尚在的小房子。在傍晚的深山余晖之下，面朝青山，喝茶聊天，共同度过了深夜高山上的极致寒冷时光。

那是一次次愉悦的登山之旅，并因目的地波罗寺而深刻记忆之中。它就像一个福地般的存在，每一次走向它都像一次回归，它是我想要一次次前往、一次次回去的地方。宏大壮观的峡谷，悬崖边的小巧寺庙，古朴的四合院，屋檐下的茶几藤椅、明灭光影，檐角的风铃，旁若无人晒太阳的橘猫，玉兰树下的斋饭，通往莫残溪的深山小径……每一处细节都是永恒的回忆，拥有地心引力般的巨大吸引力。

它的存在，就像厚重基石一般，是我心中静谧与优美的化身，稳定着我对这个世界所怀有的爱与温柔。

图书在版编目（CIP）数据

假如我们注定是普通人 / 祁十一著. -- 北京：北京联合出版公司, 2022.5
ISBN 978-7-5596-6084-8

Ⅰ.①假… Ⅱ.①祁… Ⅲ.①散文集－中国－当代 Ⅳ.①I267

中国版本图书馆CIP数据核字（2022）第046804号

Copyright © 2022 Ginkgo (Beijing) Book Co., Ltd.
All rights reserved.

本书中文简体版权归属于银杏树下（北京）图书有限责任公司

假如我们注定是普通人

作　　者：祁十一
出 品 人：赵红仕
选题策划：徐　洒
出版统筹：吴兴元
特约编辑：张　甜
责任编辑：徐　鹏
营销推广：ONEBOOK
装帧制造：墨白空间·曾艺豪

北京联合出版公司出版
（北京市西城区德外大街83号楼9层　100088）
后浪出版咨询（北京）有限责任公司发行
天津中印联印务有限公司印刷　新华书店经销
字数150千字　787毫米×1094毫米　1/32　9印张
2022年5月第1版　2022年5月第1次印刷
ISBN 978-7-5596-6084-8
定价：48.00元

后浪出版咨询(北京)有限责任公司　版权所有，侵权必究
投诉信箱：copyright@hinabook.com　fawu@hinabook.com
未经许可，不得以任何方式复制或者抄袭本书部分或全部内容
本书若有印、装质量问题，请与本公司联系调换，电话010-64072833